Franziska Leichter

Ein Augenblick
zuviel

Roman

© 2009 Franziska Leichter
Herstellung und Verlag: Books on Demand
GmbH, Norderstedt
ISBN 978-3-839-10560-3

Für Alle, die an die wahre Liebe glauben.

Kalte Zeiten

Schweigend schaute sie aus ihrem
Bürofenster, es lag im zweiten Stock des
Bürogebäudes an der Oslowerstraße.
Es war November und Fünf Uhr abends und
es war dunkel draußen geworden. Sie zuckte
zusammen bei dem Gedanken gleich nach
Feierabend durch die eisige Kälte nach
Hause laufen zu müssen.
Sie stützte ihren Kopf auf ihren Händen und
schaute hinaus.
Ich Gedanken waren immer dieselben seit
Jahren.
Sie dachte wieder einmal nach, obwohl sie
es nicht wollte.
Immer wenn sie länger arbeiten musste und
die Konzentration dafür aber nicht mehr
ausreichte.
Aber es geht hier auch ums Geld, dachte sie
sich und war froh diesen Job zu haben.
Schließlich konnte niemand ohne leben.
Ihre blonden langen Haare waren zu einem
Zopf gebunden.
Sie war 25 Jahre alt und hatte leuchtend
blaue Augen. Sie fand sich allerdings nicht
sehr hübsch, aber die wenigsten Frauen
konnten dies über sich behaupten.
Die Tür zu ihrem Büro ging auf, John kam

herein mit einem Packen Aufträgen, die sie noch durchgehen musste.

„Jena? Jena?" sagte er.

Sie erschrak. Sie war mitten in ihren Träumen gewesen. Es war ihr peinlich, denn John fand sie öfters so auf. Es sollte ja nicht aussehen, als wenn sie nie etwas tun würde. John war der Abteilungsleiter und nicht immer freundlich zu ihr gewesen.

Für ihn zählte nur Arbeit und Geld, erzählten die Kollegen.

Er hatte keine Frau oder Kinder, er lebte allein in einem großen kalten Haus.

Es schien, als hätte er keine Gefühle, jeden Tag hatte er die gleiche Laune. Es war nicht so wie bei anderen Menschen, die man mal lachend und an anderen Tagen traurig gucken sah. Sein Blick war immer derselbe, egal was man mit ihm besprach. Ansehen konnte man diesem Mann seine Gefühlslage nie.

Seine schwarzen Haare waren immer glatt nach hinten gekämmt, selbst wenn er nur spazieren ging, was er oft tat.

Seine rehbraunen Augen leuchteten unter seiner Brille hervor, die immer auf seiner großen Nase herunterrutschte.

Auch wenn John oft arrogant rüberkam, Jenna mochte ihn irgendwie, sie glaubte daran, dass er tief in seinem Herzen doch ein guter Mensch sei und nur Angst vor Gefühlen hatte.

„Jenna, das hier muss bis Morgen durchgearbeitet werden. Nehmen Sie es mit nach Hause oder bleiben Sie hier und machen Überstunden." sagte er.

Er schloss die Tür wieder hinter sich. Durch eine große Glasscheibe an der Tür konnte Jenna sehen, wie er seinen braunen langen Ledermantel anzog und das Büro verließ.

Er machte immer um viertel nach Fünf Feierabend, niemand wusste wo er so dringend hin gehen musste.

John blieb niemals auch nur ein paar Minuten länger auf der Arbeit. Überstunden gab es für ihn nicht, er war sogar an manchen Tagen nervös geworden, obwohl er nur zwei Minuten später als sonst das Bürogebäude verlassen hatte.

Er hatte keine Verwandten, jedenfalls niemanden, der sich wirklich für ihn interessierte.

Es schien, als wäre er immer allein, sogar an Weihnachten.

Jenna fand diesen Gedanken traurig, sie hatte selbst einige Weihnachten alleine verbracht.

Ihr Vater lebte mit ihrer Mutter in Amerika, wegen einer Arbeitsstelle, von der er lange zu vor geträumt hatte. Ihre Eltern waren ihr Ein und Alles und sie liebte es am Telefon zu hören, wie gut es ihnen auf diesem

Kontinent erging und wie wunderbar ihre
Ehe liefe.
Soll ich den Packen Aufträge zu Hause
bearbeiten?, dachte sie.
Ach nein, warum denn, es ist doch eh
niemand zu Hause, der auf mich warten
könnte oder auch nur einen Gedanken an
mich verschwendet.
Außerdem war es im Büro schön warm und
einige Kollegen waren auch noch da.
Wie Lisa die Putzfrau, sie kam immer erst
abends um 18 Uhr vorbei und putzte
meistens zwei Stunden. Es war sehr viel
Arbeit, aber verdienen tat sie nicht viel.
Sie hatte eine kleine Tochter und war allein
erziehend. Ihr Mann verschwand vor einem
Jahr spurlos und niemand hatte seitdem
etwas von ihm gehört.
Lange Zeit konnte Lisa deswegen nicht zur
Arbeit kommen, aber sie hatte nie
aufgegeben weiter zu kämpfen, ihrer kleinen
Tochter zu Liebe. Die Polizei stellte nach
zwei Monaten die Suche nach ihrem Mann
ein. Man ging irgendwann davon aus, dass
er ins Ausland geflohen sei, nachdem er in
Deutschland zwei Einbrüche in
Wohnhäusern verübt hatte. Lisa zweifelt
allerdings an der Aussage der Polizei und
versucht bis heute ihren Mann ausfindig zu
machen. Für sie war die Sache klar, sie
behauptete er sei entführt worden, da er kurz

vorher viel Geld geerbt hatte. Jenna glaube Lisa damals, doch je mehr sie drüber nachdachte, kam ihr die Aussage der Polizei doch plausibler vor, doch das sagte sie Lisa nicht.

Jenna hatte Lisa öfters schon zu sich eingeladen. Ihr Schicksal tat ihr leid, denn sie war eigentlich eine sehr nette Frau.

Jenna schaute noch einmal kurz aus dem Fenster zum Nebengebäude. Die Lichter in dem Haus waren schon angeschaltet, dort war eine Tanzschule für Erwachsene.

Ach wie gerne, würde ich auch mal an so etwas teilnehmen, aber mit wem?

Mit John bestimmt nicht und sonst kenne ich niemanden hier, da ich erst vor drei Monaten hergezogen bin, dachte sie. Ihre Freunde lebten fünfhundert Kilometer entfernt. Es war schwer sie zu sehen, da es beruflich nie wirklich geklappt hatte. Doch Jenna glaubte fest daran alle bald wieder sehen zu können.

Die Tanzschule hatte keine Gardinen, deswegen war es schön in ihr Fenster zu schauen.

Man sah verschiedene Menschen, die versuchten ihre Tanzbegabung zu fördern.

Oft waren es Menschen im Alter von Jenna, aber meist an Sonntagen waren auch sehr viele Senioren an den Kursen beteiligt.

Jenna hatte schon oft überlegt rüber zu

gehen, vielleicht gäbe es auch mietbahre Tanzpartner, aber das war ihr dann doch zu doof. Wie würde es aussehen mit jemandem zu tanzen, den man gar nicht kennt und Spaß machen würde es sicher auch nicht, also würde es doch gar nichts bringen, dachte Jenna während sie in ihrer Handtasche nach Taschentücher suchte.

Jenna machte sich über die Aufträge her, denn es war mittlerweile 18 Uhr, sie wollte nun auch nach Hause gehen, wenn sie nur nicht immer in Gedanken versinken würde. In diese blöden Gedanken, die ihr alles andere als gefielen.

An diesen Mann, den sie vor einem Jahr gesehen hatte, vor dem Restaurant, indem sie damals mit ihrem Exfreund verabredet war. Sie wollten sehen, ob sie nicht doch wieder zueinander finden könnten.

Jenna hatte sich auf den Abend gefreut, aber an dem Tag lief alles schief. Erst fand sie ihren zweiten Schuh nicht, musste eine halbe Stunde nach ihm suchen, dann verpasste sie die Bahn, musste noch mal zehn Minuten auf die nächste warten und zu allem Übel schneite es auch noch. Es war jetzt genau ein Jahr her, auf den Tag genau.

Sie rannte damals über den großen Platz vor dem Restaurant, um Eric nicht noch länger warten lassen zu müssen, aber es schneite und es war sehr glatt gewesen, was sie aber in ihrem Eifer einfach ignorierte.

Wie es kommen musste rutschte sie aus und fiel direkt vor die Füße eines Mannes.

Sie konnte ihren Augen nicht trauen, alles um sie herum vergaß sie in diesem Moment. Den Schnee, Eric und sogar das es ihr verdammt peinlich war. Sie schaute einfach nur in die schönen braunen Augen des Unbekannten.

„Alles in Ordnung?", fragte dieser mit einem kleinen Lächeln im Gesicht.

„Mir geht es gut!" sagte Jenna etwas protzig, sie wollte ihm die Schuld an diesem kleinen Unfall geben, zumindest hörte es sich so an. Jenna nahm ihre Sachen und ging ins Restaurant, wo sie allerdings dann merkte, dass sie Eric eigentlich gar nicht mehr wollte und sich besser ohne ihn fühlte. Seit sie diesen Mann kurz vorher gesehen hatte, waren all ihre Gefühle für Eric unwichtig geworden. Auf einmal interessierte sie sich nicht mehr für ihn. Sie saß nur da und redete kaum. Eric fragte immer wieder was los gewesen wäre. „Nichts, wir reden ein andermal" sagte Jenna, nahm ihren Mantel und ging. „Es tut mir leid!" rief sie beim Verlassen des Restaurants.

Sie rannte raus auf die Straße. Sie war jetzt zehn Minuten in diesem Restaurant gewesen, der Unbekannte dürfte noch nicht weit gekommen sein.

Jenna lief den ganzen Platz ab, aber er war wie vom Erdboden verschluckt.

Nicht zu finden.

Sie hätte ihn so gerne kennen gelernt. Der Mann ihres Lebens war, ohne sie richtig kennen gelernt zu haben, einfach gegangen. Sie hätte nach einem Namen fragen sollen, oder einer Nummer zumindest irgendetwas.

Jenna ging an diesem Abend bedrückt nach Hause, aber sie freute sich auch über dieses Ereignis, immerhin hatte es ihr die Augen geöffnet. Nun wusste sie, dass sie sich auch in andere Männer verlieben könnte und Eric nicht der einzige auf dieser Welt für sie war. Endlich spürte sie, nach langer Zeit, dass sie nun endlich bereit dafür war sich neu zu verlieben und eine neue Bindung eingehen könnte. Jenna hatte lange auf diesen Augenblick gewartet. Vorher waren ihr andere Männer nicht wichtig gewesen und sie hatte die Hoffnung nicht aufgegeben, dass Eric sich doch noch eines Tages ändern würde.

Nun war es schon ein Jahr her, dachte Jenna und merkte, dass sie wieder einmal geträumt hatte.

Sie beschloss nach Hause zu gehen, nahm ihren Mantel, der immer noch der selbe war wie letztes Jahr und ging aus dem Büro. Den Packen bearbeite ich zu Hause, sagte sie zu sich selbst und nahm ihn mit.

Auf dem Weg nach Hause ärgerte sie sich, dass sie nicht mehr versucht hatte um diesen Mann wieder zu finden.
Der Augenblick mit ihm war so schön gewesen.
Seine leuchtend braunen Augen, seine kurzen schwarzen Haare und seine schöne männliche Figur brachten Jenna immer noch in Verlegenheit, wenn sie daran dachte.
Wie konnte sie nur so blöd sein?
Ein Jahr und sie konnte ihn einfach nicht vergessen.
Warum Gott? Warum machst du es mir so kompliziert!? dachte sie.
Draußen war es sehr kalt, Jenna zog den Reißverschluss ihres Mantels zu. Der Wind pfiff ihr um die Ohren.
Ich müsste mir eine Mütze kaufen und einen Schal, dass werde ich am nächsten Wochenende erledigen, dann habe ich genug Zeit dazu, überlegte sie sich.
Als sie ihre Haustür gegen 19 gegen Uhr erreichte, traf sie eine erste Schneeflocke auf der Nase. Sie blieb kurz stehen, während sie den Schlüssel schon im Schloss umher drehte und sah hoch in den dunklen Himmel.
Ist das Zufall? Oder soll es mich erinnern?, fragte sie sich,
denn genau letztes Jahr um diese Uhrzeit fing es auch an zu schneien. Der erste Schnee genau wie dieses Jahr.

Es wird nur ein Zufall sein, beschloss sie und schloss die Tür ganz auf und ging hinein.

Sie besaß ein kleines Häuschen, welches ihr Vater ihr überlassen hatte, als er nach Amerika gezogen war. Sie hatte nie so guten Kontakt zu ihm gehabt, da er immer nur unterwegs gewesen war. Jenna ging davon aus, dass er so sein schlechtes Gewissen beruhigen wollte.

Er war jetzt schon ein paar Monate in Amerika.

Ihrem Mantel legte sie über die Badezimmerheizung zum Trocknen.

Ich sollte anfangen zu heizen, dachte sie und drehte die Heizungen auf die stärkste Stufe.

Nun war sie schon etwas über ein Jahr von Eric getrennt und er hatte immer noch einige Sachen bei ihr liegen. Eine Zeit lang konnte er sie nicht loslassen. Wie oft hatte er versucht sie wieder zurück zu bekommen und das auf die verschiedensten Wege. Er schrieb ihr haufenweise Briefe, er lud sie zum Essen ein und einmal stand er sogar mit einem Fernsehteam vor ihrer Tür, nur um sie wieder zu bekommen, aber das half alles nichts, seit Jenna diesen Mann gesehen hatte ,waren ihre Gefühle für Eric einfach weg. Er hatte sich zuviel geleistet, die zwei Jahre Beziehung mit ihm waren schlimm gewesen. Er tat nur was er wollte, er nahm keine

Rücksicht und er blieb manchmal nächtelang verschwunden ohne sich auch nur einmal zu melden und ihr zu sagen, wo er sich aufhielt..

Das wollte sie irgendwann nicht mehr.

Ab einem gewissen Punkt reichte es ihr.

Aber jetzt ging es ihr auch nicht besser, ihr Leben war auch so leer genau wie es mit Eric war.

Sie sah einen Brief im Flur vor der Haustür liegen und öffnete ihn. Er war von ihrer besten Freundin und sie kündigte an am Montag zu Besuch zu kommen und ein paar Tage bei ihr zu bleiben zu können!

Jenna freute sich riesig, immerhin hatte sie sie über drei Monate nicht mehr gesehen.

Sie setzte sich auf das Sofa und dachte nach.

War das mit dem Schnee wirklich ein Zeichen?

Vielleicht wartet dieser Mann auf mich?

Aber vielleicht ist er verheiratet, hat ein paar Kinder und ist wunschlos glücklich.

So sehr wie damals hatte es Jenna noch nie erwischt.

Ein Jahr lang gab es bei ihr nur diesen Mann, obwohl sie nur ein paar Worte mit ihm gewechselt hatte. Jenna beschloss ihre Freundin um Rat zu fragen, aber sie hatte Angst davor zu hören, dass es lächerlich sei und sie ihr raten würde diesen Mann zu vergessen, da sie ihn eh nie wieder sehen würde.

Wunder

Es war Montagnachmittag Jenna lag auf ihrem Sofa und wartete darauf, dass es an der Haustür klingelte .Ihre Freundin hätte normalerweise schon längst hier sein müssen. Sie schaute aus dem Fenster, draußen war es kalt und es lag Schnee. Das ganze Wochenende hatte es geschneit, ohne auch nur einmal aufzuhören. Jenna nahm das Telefon in die Hand, sollte sie ihre Freundin Courtney anrufen? Vielleicht ist ihr auf dem Weg etwas passiert. Nein, ich warte lieber noch, dachte sich Jenna.

Sie hoffte sehr das Courtney nicht absagen würde, immerhin hatte sie den ganzen Tag in der Küche gestanden um alles vorzubereiten. Sie hatte ein leckeres Essen geplant und sie hatte den kompletten Vormittag damit verbracht die Wohnung auf Vordermann zu bringen, denn wie sie wusste war ihre Freundin eine sehr ordentliche Person.

Jenna versank wieder in Gedanken. In ein paar Wochen war Weihnachten und sie hatte sich noch nicht darum gekümmert, wie und mit wem sie Weihnachten verbringen sollte. Einen kurzen Augenblick dachte sie daran

wie es wäre John zu fragen, immerhin war er
sicherlich auch alleine so wie es den
Anschein machte. Ihr ginge es ja auch nicht
besser und es wäre eventuell eine gute
Chance ihn besser kennen zu lernen um das
Arbeitsklima etwas zu stärken und zu
verbessern.

Es klingelte an der Tür. Jenna sprang hoch
und lief so schnell es ging zur Tür. Courtney
war sicherlich froh endlich hier zu sein nach
der langen Fahrt. Bei dem Schnee brauchte
sie bestimmt mehr als acht Stunden bis hier
her, so mal im Radio heute Morgen schon
gesagt wurde, dass manche Autobahnen
sogar komplett gesperrt seien, wegen
zahlreichen Unfällen.

Jenna öffnete die Tür, vor ihr stand
Courtney mit zwei Koffern auf dem Arm.
Sie lächelte.

Jenna umarmte sie und sagte, dass sie froh
sei, sie nun endlich hier zu haben.

Courtney grinste und sagte, sie hätte
jemanden mitgebracht und sie müsste ihr so
viel erzählen.

Jenna guckte entsetzt, Courtney hatte ihr
nicht gesagt, dass sie jemanden mitbringen
würde.

Er ist noch draußen am Wagen und räumt
die Sachen aus, sagte Courtney.

"Ich hoffe, du hast nichts dagegen, dass ich
ihn mitgenommen habe, immerhin ist er jetzt

ein Teil meines Lebens."

Courtney ging in die Wohnung, befreite ihren Mantel vom Schnee und stellte ihre Koffer in das Wohnzimmer.

"Schön hast du es hier!"

"Das Haus übertrifft all deine Erzählungen, darf ich mich etwas umschauen??

Mit Colin mach ich dich dann später bekannt, wie gesagt, ich muss dir noch so viel erzählen", sagte sie und dann verschwand sie in der Küche.

Jenna stand immer noch in der Haustür und hoffte das Colin bald reinkommen würde, sie würde ja nicht umsonst heizen, dachte sie.

Plötzlich hörte sie Schritte, sie war aufgeregt. Wie er wohl sein mag?

Und was Courtney wohl mit ihm zu tun hatte?

Sie schaute auf den Fußboden, um noch einmal die Sauberkeit ihres Teppichs zu überprüfen.

"Entschuldigung?" hörte sie sagen.

Sie schaute auf und konnte ihren Augen nicht trauen, wer stand da vor ihr?

Ihr Mann, den sie solange gesucht hatte, dieser, der ihr damals vor dem Restaurant aufgeholfen hatte.

Sie dachte, sie würde träumen. Sie hatte sich so gewünscht ihn endlich wieder zu sehen und nun stand er vor ihrem Haus und würde sogar ein paar Tage bleiben.

"Komm rein!", sagte Jenna. Er betrat die Wohnung ohne ihren Blick zu würdigen. Seine Koffer stellte er zu den anderen.

"Ich bin Colin.", sagte er. Jenna stellte sich ebenso vor.

Sie hatte irgendwie das Gefühl, dass er sich nicht mehr an das vor einem Jahr erinnern könnte, vielleicht erkennt er mich gar nicht mehr, dachte sie. So beschloss sie, die Geschichte von damals erstmal nicht anzusprechen.

Sie lud Colin dazu ein auf dem Sofa Platz zu nehmen.

Courtney rief aus dem Schlafzimmer, dass es ein wunderschönes Haus sei, was Jenna hätte.

Colin grinste Jenna an.

Courtney setzte sich zu Colin, während Jenna vor den Beiden stand.

"Das ist mein Freund Colin." sprach sie.

„Wir haben uns vor ein paar Monaten kennen gelernt. Es sollte eine Überraschung sein, deswegen habe ich dir vorher noch nie von ihm erzählt. Du weißt doch wie lange ich Single war.

Wir wollen heiraten, nächstes Jahr im Februar!"

Jenna schluckte, aber versuchte ihre Enttäuschung nicht nach außen hin zu zeigen, immerhin wusste ihre Freundin noch nicht einmal von der Begegnung mit dem Mann damals und schon gar nicht, dass es Colin gewesen war. Jenna tat so, als würde sie sich darüber freuen und beglückwünschte die Beiden.

Sie umarmte Courtney.

"Wollt ihr etwas trinken?" fragte sie.

"Ja gerne, wir haben auch Wein mitgebracht zur Feier des Tages."

Jenna ging in die Küche, die so ordentlich war, dass sie sie gar nicht mehr erkannte. Das kann doch nicht sein, dachte sie. Wie viel Pech muss ich denn noch im Leben haben? Meine Freundin heiratet so plötzlich und dann auch noch den Mann, in den ich mich damals verliebt hatte und der tut so, als hätte er mich noch nie gesehen. Jenna öffnete die Schranktür und holte die schönsten Weingläser heraus, die sie hatte. Sie setzte sich zu Colin und Courtney ins Wohnzimmer.

Den ganzen Abend verbrachten sie damit über Vergangenes zu sprechen und das was in letzter Zeit passiert war.

Jenna und Courtney hatten vorher nicht viel Kontakt, da beide Volltags arbeiten gingen und abends blieb meist auch nur sehr wenig Zeit, die man dann gerne in Ruhe verbrachte. Der Abend verlief ganz normal, wie unter guten alten Freunden.

Erinnerungen

Es war nachts alle schliefen schon, bis auf
Jenna. Sie wälzte sich im Bett hin und her
und dachte daran, wie sie Colin so schnell
wie möglich vergessen könnte, sie wollte
keine Freundschaft zerstören und vor allem
war Courtney ihre beste Freundin und sie
kannte sie schon eine Ewigkeit.
Jenna stand auf um sich aus der Küche ein
Glas Wasser zu holen, welches sie nachts
öfters brauchte um ihre Gedanken über
Geschehenes los zu werden und wieder
einschlafen zu können.
Sie stapfte in die Küche, ging zum
Kühlschrank um kaltes Wasser zu holen.
Plötzlich hörte sie ein Geräusch hinter sich,
sie drehte sich um und Colin stand plötzlich
hinter ihr. Ein kleiner Schein Mondlicht fiel
durch das Fenster auf sein Gesicht und seine
Augen wirkten dadurch noch schöner.
"Was machst du denn hier?" flüsterte Jenna.
"Ich wollte das gleiche hier wie du. Etwas
trinken.", sagte er.
Jenna drehte sich um, um das Glas
abzustellen und ein neues für ihn aus dem
Schrank zu holen.
Nun standen sie da Beide nebeneinander
mitten in der Nacht in ihrem Haus, was sie
sich niemals zu träumen gewagt hätte.

"Weißt du eigentlich noch, wer ich bin?"
sprach sie mit zittriger Stimme.
"Ja ich weiß es. Wir trafen uns vor einem
Jahr vor diesem Restaurant, du bist mir ja
quasi vor die Füße gefallen. So was könnte
ich nicht vergessen.", sagte er und lachte
leise.
Jenna schaute zu Boden. Für ihn war es
wahrscheinlich nur eine ganz normale Sache
gewesen, die ihm vielleicht schon mal
passiert ist, dachte sie.
"Was ist denn los mit dir?" fragte Colin. Er
schaute sie erstaunt an.
"Wieso reagierst du so komisch darauf?"
"Nichts ist", sagte Jenna. „Es ist alles in
Ordnung, nur, wenn ich ehrlich bin hatte ich
Gefallen an dir gefunden." Jenna schaute
beschämt zu Boden und ärgerte sich über
den Satz, den sie gerade von sich gegeben
hatte.
Colins Augen wurden größer, fast so, als
wäre er regelrecht erschrocken über diese
Aussage.
Jenna dachte wieder wie peinlich das gerade
gewesen war. Was hatte sie bloß gesagt? Er
ist doch mit Courtney zusammen ihrer
besten Freundin. Wie er sich jetzt wohl
fühlt?
Colin antwortete. „Hör zu Jenna, es tut mir
leid. Ich wusste nicht, dass du solche
Gefühle für mich hegst und dir vielleicht

mehr versprochen hast, obwohl du mich sicherlich nach der Zeit eh schon komplett vergessen hattest".

„Ich habe dich nie vergessen", flüsterte Jenna während sie verlegen aus dem Fenster schaute.

„Courtney und ich werden in ein paar Monaten heiraten.

Es tut mir leid!" sagte Colin. Er stellte sein Glas auf das Fensterbrett, drehte sich um und ging.

Jenna stand noch eine Weile alleine in der Küche. Das Licht ließ sie ausgeschaltet und schaute aus dem Fenster. Der Mond sah an diesem Abend noch schöner aus, als an anderen Tagen.

Was habe ich getan? Dachte sie wieder. Sie hätte es ihm nicht sagen sollen, sie wusste doch wie er reagieren würde. Erst recht jetzt in seiner Situation. er wird mit Sicherheit Courtney davon erzählen und was wird sie sagen? Sie würde mit Sicherheit ihre Sachen packen und sofort nach Hause aufbrechen, denn wer braucht schon so eine Freundin, die sich nachts heimlich an einen vergebenen Mann ranmacht. Eher gesagt, ihm ihr Interesse gesteht.

Ich kann bestimmt nicht mehr schlafen, der Rest der Nacht wird schrecklich werden. Sie stellte ihr Glas ab und ging zurück ins Bett.

Am nächsten Morgen war sie schon früh

wach, die ganze Nacht hatte sie so gut wie nicht mehr geschlafen. Sie quälten die Gedanken um Courtney. Wie würde sie reagieren?

Er hatte es ihr mit Sicherheit schon erzählt. Jenna ging in das Badezimmer, zog sich aus und ging unter die Dusche.

Ihr war das alles so peinlich, am Liebsten würde sie sich zurück ins Bett verkriechen und nicht wieder auftauchen, solange die Beiden bei ihr zu Besuch waren.

Nach der Dusche setzte sie sich in die Küche. Courtney kam zu ihr und es kam nur ein müdes „Guten Morgen" aus ihr heraus. Jenna ging davon aus, dass es jetzt sicherlich Ärger geben würde und Courtney sie fragen würde, warum sie so verlogen wäre und warum sie es ihr nicht eher erzählt hätte und wieso gerade Colin?

Jenna trank einen Schluck von ihrem Kaffee und dachte an die letzte Nacht. Er sah so süß aus, als er plötzlich vor ihr stand. Am Liebsten wäre sie ihm um den Hals gefallen. Courtney setzte sich zu ihr an den Tisch, sie erwähnte nichts von letzter Nacht.

Ob Colin ihr doch nichts erzählt hatte oder noch nicht? Er würde es sicher tun und es würde auch nichts bringen ihn darum zu bitten nichts zu sagen, dachte Jenna.

„Wie hast du geschlafen?" fragte Courtney während sie gähnte.

„Gut!", sagte Jenna und sie wusste genau, dass sie mit dieser Aussage gelogen hatte.

„Hast du Colin schon gesehen?", fragte Courtney.

„Nein habe ich nicht, war er denn nicht bei dir? Ich dachte er würde noch schlafen?"

„Nein, er ist heute Nacht aufgestanden um sich etwas zum Trinken zu holen und seitdem war er nicht wieder im Bett gewesen. Das müsste gegen vier Uhr gewesen sein.

„Und wo ist er jetzt?" fragte Jenna

„Ich weiß es nicht. Der Wagen steht nicht da, vielleicht ist er nur Weihnachtsgeschenke besorgen und wollte uns nicht aufwecken. Weißt du Jenna, er ist so ein lieber Mann und ich bin so wahnsinnig glücklich darüber ihn kennen gelernt zu haben. Mir hätte nichts besseres passieren können!" sagte Courtney und ließ sich grinsend in den Sessel fallen.

Jenna schluckte. Hatte sie ihn vertrieben? War er vielleicht einfach gefahren, weil sie ihn so erschrocken hatte, jetzt würde es Courtney mit Sicherheit erfahren.

Du kannst es nicht unterdrücken

Plötzlich klingelte es an der Haustür. Jenna
stand auf, um sie zu öffnen.
Colin stand vor ihr mit einem breiten
Grinsen im Gesicht und in seiner Hand hielt
er eine Tüte mit frischen Brötchen.
„Entschuldigt, dass ich so plötzlich weg war,
aber ich habe uns Brötchen geholt, ich
konnte heute Nach nicht mehr schlafen und
habe eine Weile ferngesehen bevor ich zum
Bäcker gefahren bin." Er betrat die
Wohnung und steuerte geradezu auf
Courtney zu, um sie zu küssen. Jenna
schaute beschämt in den Spiegel, der im Flur
hing. Sie wollte diesen Kuss nicht sehen,
dachte sie sich.
Sie ging in die Küche. Kurz darauf bemerkte
sie, dass sie keinen Appetit hatte und auch
sicherlich nichts essen könnte im Moment
und ging in ihr Schlafzimmer um sich
umzuziehen. Sie hörte auf einmal die
Haustür knallen, was war denn jetzt los?
Vielleicht war er jetzt wieder gegangen, weil
sie beleidigt war?
Plötzlich klopfte es an ihrer Zimmertür,
Colin schaute um die Ecke.
„Darf ich reinkommen?" fragte er.

„Ja, komm rein!" Jenna drehte sich zur anderen Seite um, um sich noch schnell die Bluse zuzuköpfen.

Colin setzte sich auf ihr Bett.

„Wo ist Courtney?" fragte Jenna. „Sie ist noch einmal zum Bäcker, ich hatte vergessen ihr dunkle Brötchen mitzubringen, sie mag doch keine normalen".

„Ach so", sagte Jenna. „Und was möchtest du jetzt hier in meinem Schlafzimmer? Bei uns ist alles gesagt und ich komme damit klar!"

„Komm mal her, setz dich bitte mal zu mir", flüsterte Colin.

Jenna setzte sich neben ihn.

„Hör mal Jenna", sagte er. „Ich habe mich damals, als ich dich gesehen habe sofort in dich verliebt. Ich bin am nächsten Tag wieder zu der Stelle gekommen, um dich wieder zu treffen. Ich dachte mir, vielleicht seiest du ja auch wieder da.

Jenna riss die Augen auf. „Was?" fragte sie. „Und das sagst du mir erst jetzt?"

„Ich will noch was sagen", flüsterte Colin. „Es hat sich einiges geändert, ich konnte dich damals nicht vergessen und wollte dich wieder sehen, doch dann trat Courtney in mein Leben und ich habe sie lieben gelernt. Ich hätte ja nie gedacht, dass wir uns noch einmal wieder sehen werden. Es tut mir leid Jenna, aber es ist zu spät. Courtney ist die

Frau die ich liebe.

Bitte, nimm mir das nicht übel, ich würde mich über eine Freundschaft zu dir sehr freuen und hoffe, dass wir in Zukunft normal miteinander umgehen können."

„Ja sicher. Natürlich können wir das", sagte Jenna „Ich habe doch gar keine Gefühle mehr für dich, da musst du mich letzte Nacht falsch verstanden haben Colin," erwiderte sie noch. Jenna drehte sich um und ging ins Badezimmer, wo sie wütend in den Spiegel sah und ihre Hände auf dem Waschbecken abstütze. Ich hätte es mir doch denken können, aber warum tat es noch so weh? dachte sie. Sie könnte sich doch eh nichts mit ihm vorstellen, da Courtney ihre beste Freundin war und sie würde niemals etwas kaputt machen wollen. Sie betrachtete sich noch kurz im Spiegel, drehte sich um und ging in die Küche um sich einen Tee zu machen. Colin kam ihr hinterher. „Es ist wirklich kein Problem für dich?" fragte er. „Wenn doch, sag es bitte, dann werde ich durch einen Vorwand eher von hier abreisen, damit wir uns nicht noch so oft sehen müssen, dann hättest du die Zeit mit Courtney alleine." „Nein, es ist in Ordnung!" sprach Jenna in einem schon leicht unfreundlichen Ton zu ihm. Sie setzte das Wasser in ihrem Wasserkocher auf und nahm einen Teebeutel Pfefferminze aus ihrem Schrank.

„Ich werde in die Stadt fahren, ich muss noch einiges besorgen", sagte Colin, nahm seinen Mantel und ging aus der Wohnungstür. Jenna stand nun ganz alleine in ihrer Wohnung und dachte darüber nach, wie es jetzt weiter gehen sollte und wie sie sich verhalten sollte. Vor allem wie sie damit klar kommen würde, sollte sie Courtney von der Begegnung erzählen, die sie vor einem Jahr mit Colin hatte?

Wundersame Erkenntnis

Jenna wurde durch das Klingeln ihres Telefons aus ihren Gedanken gerissen. Sie nahm noch etwas leicht verträumt den Hörer ab.

„Ja?" fragte sie.

„Hallo, hier ist John."

Jenna wusste erst einmal nicht, was sie sagen sollte. Noch nie zuvor hatte ihr Chef bei ihr zu Hause angerufen.

„Jenna? Könnte ich sie bitten heute Abend bei mir vorbei zu schauen, es handelt sich um eine geschäftliche Sache, die dringend erledigt werden muss."

„Ja ist in Ordnung. Um wie viel Uhr und wie lautet Ihre Adresse?" fragte sie.

„Amalienstraße fünfzehn so gegen zwanzig Uhr?"

„Ok bis dann", Jenna legte leicht verdattert den Hörer wieder auf.

Das war ihr ja noch nie passiert, egal wie wichtig es gewesen war oder wie viel sie auf der Arbeit zu tun hatte, so etwas war noch nie vorgekommen.

Was könnte er wollen? Worum könnte es sich handeln? fragte sie sich. Plötzlich hörte sie wie sich der Schlüssel im Haustürschloss

umdrehte. Courtney kam zur Tür herein.
Ein paar Schneeflocken lagen noch auf
ihrem braunen langen Locken und ihre
dunklen Augen strahlten. Sie sah richtig
glücklich aus, aber dies war ja auch
verständlich, dachte sich Jenna.
„Hi Courtney, möchtest du auch einen Tee?"
„Nein, ich habe kaum Zeit, ich wollte gleich
noch mal in die Stadt und werde vor heute
Abend nicht wieder hier sein. Ich denke erst
so gegen 22 Uhr."
„Wo musst du denn hin?" fragte Jenna
"Ach nur wegen dem Modeln ich muss mich
noch bei einigen Agenturen vorstellen".
Während sie erzählte legte sie ihren Mantel
über den Stuhl in der Küche.
Courtney arbeitete schon seit Jahren in
verschiedenen Modeljobs. Mal für Werbung
und mal für eine Modenschau. Sie sah sehr
gut aus, hatte lange Beine und eine schöne
schlanke Figur.
„Das trifft sich gut", sagte Jenna. „Ich muss
heute Abend um 20 Uhr auch noch mal weg,
mein Chef hat mich angerufen, es geht um
irgendwas Geschäftliches."
„Dann muss Colin sich auch eine
Beschäftigung für heute Abend suchen,
wenn wir beiden Frauen ihm nichts kochen
können" lachte Courtney und stieß Jenna
dabei leicht mit ihrer Schulter an.
„Er wird schon etwas finden!" sagte Jenna

stellte ihre Tasse ab und ging.

Als sie am Abend los lief, um zu John zu gehen, dachte sie während des ganzen Weges nach, aber wirklich weit kam sie mit ihren Gedanken nicht.

Es half nichts ständig über die ganze Sache mit Colin und Courtney nachzudenken. Sie waren ein schönes Paar und hoffentlich bald glücklich verheiratet, sprach Jenna zu sich.

Als sie um die Ecke bog sah sie schon das Haus von John, es war beleuchtet und sehr groß.

Was will denn ein allein stehender Mann mit so einem großen Haus?

Aber andererseits verdiente er gut und wüsste sonst bestimmt nicht wohin mit seinem Geld, dachte Jenna und grinste in sich hinein. Draußen war es schon dunkel und ihre Nase tat weh von der Kälte obwohl sie nur zehn Minuten gelaufen war.

Als sie vor der Haustür stand drückte sie auf die Klingel und strich sich schnell die Schneeflocken von ihrem Mantel. Durch die kleine Scheibe an der Tür konnte man in das Haus schauen, es sah sehr gemütlich aus und überall im Flur standen kleine Lampen.

Plötzlich sah sie John, sie trat ein Stück zurück, damit es nicht so aussähe, als das sie neugierig sei, immerhin war er ihr Chef und sollte nur Gutes von ihr denken.

Die Tür ging auf.

„Hallo Jenna", sprach John.

„Hallo Herr Bolk!"

„Du kannst mich John nennen. Komm herein."

„Danke" sagte Jenna und betrat die warme Wohnung, in der es nach Waschpulver roch.

„Worum geht es denn?", fragte sie während er vor ging ins Wohnzimmer.

„Ich wollte mit dir reden", sagte er.

Jenna und John setzten sich an den großen Tisch der im Wohnzimmer stand.

Das Wohnzimmer sah sehr gemütlich aus. Überall an den Wänden hingen kleine Bilder afrikanischer Frauen und Männer. Die Schränke waren dunkel gehalten und der Parkettboden glänzte, wie er es oft in der Werbung tat.

„Ich möchte dich bitten in nächster Zeit meine Arbeit zu übernehmen im Büro, also meinen Posten zu vertreten bis ich wieder arbeiten kann."

„Wieso was ist denn mit dir John?" fragte Jenna und blickte an ihm rauf und runter.

Sie wunderte sich, denn er sah nicht krank aus und an seinem Körper schien auch alles normal zu sein.

„Ich muss mich um meinen Sohn kümmern, er ist sehr krank", sagte er und schaute dabei traurig auf den Tisch.

„Du hast einen Sohn?" fragte Jenna verdattert.

„Ja, er ist allerdings sehr krank. Er ist acht Jahre alt und hatte schon zwei Tumore im Magen und nun hat er den dritten und ich muss jeden Tag zu ihm ins Krankenhaus, nur die Nächte bleibt er alleine dort."

„Das tut mir sehr leid!" sagte Jenna laut. „Natürlich übernehme ich deine Arbeit. Entschuldige, wenn ich jetzt etwas komisch reagiere aber im Büro sagt man du seiest allein stehend und hättest gar keine Kinder und nun höre ich was für ein wundervoller Vater du zu sein scheinst." Jenna spielte mit ihren Daumen, weil sie nicht wusste, wie sie sich noch verhalten sollte. Sie fand die Situation schrecklich.

John stand auf und holte aus der Küche zwei blaue Tassen und eine große Kanne Kaffee. „Möchtest du auch Jenna?" fragte er.

„Ja bitte", sagte sie.

Er goss langsam den heißen Kaffee in ihre Tasse, während sie schon nach dem Zucker griff, der auf dem Tisch stand.

„John hör zu, es tut mir wirklich sehr Leid was mit deinem Sohn ist und ich finde es toll wie sehr du dich um ihn kümmerst. Was ist denn mit seiner Mutter?"

John stellte die Kanne auf den Tisch und lief zum Fenster, welches direkt neben Jenna war. Er schaute hinaus und drehte sich mit dem Rücken zu ihr, die Arme verschränkte er vor seinem Körper. „Meine Frau ist gestorben, als der kleine Kevin geboren wurde. Vor acht Jahren."

Jennas Augen wurden etwas größer.

„Du bist verheiratet gewesen? Ich arbeite nun schon einige Monate bei dir in der Abteilung und du hast mir nie etwas davon gesagt?"

„Ich rede normalerweise mit niemandem darüber, aber da du jetzt meine Arbeit übernehmen sollst, muss ich dir ja nun eine Erklärung abliefern, warum ich es nicht selbst machen kann."

„Ja das stimmt, da hast du Recht", sagte Jenna und trank einen Schluck Kaffee.

„Wie wird deinem Sohn denn jetzt geholfen und wie soll es weiter gehen mit deiner Arbeit?" fragte Jenna

John setzte sich wieder zu ihr.

„Ich weiß es nicht", sprach er. „Meinem Sohn wird versucht mit Chemotherapie zu helfen, aber ob es wieder etwas bringt und ob der Krebs nicht in zwei Jahren wieder auftaucht weiß niemand, aber bitte bewahre Stillschweigen darüber."

„Ja sicher!" Jenna stand auf und verließ das Wohnzimmer. „Ich muss jetzt los", sagte sie. „Ich muss noch einiges besorgen, meine Freundin heiratet in ein paar Wochen und es ist eine Menge Vorbereitung."

„ Das kann ich verstehen", sagte John.

„Ach und bitte melde dich in ein paar Tagen,

wie es deinem Sohn geht", rief Jenna beim Verlassen des Hauses.

„Tschüss" hallte es noch durch den Flur. Jenna betrat die Straße zog ihren Mantel zu und fror trotzdem. Es war Dezember und eiskalt, es schneite schon seit Tagen ununterbrochen und schon wieder dachte Jenna daran, ob der Schnee nicht ein Zeichen war, oder sie vor irgendetwas warnen wollte.

Jenna lief die dunkle Straße entlang. Ihr war etwas mulmig, denn was man heutzutage so alles las veranlasste einen ja nicht unbedingt dazu allein draußen herumzulaufen, aber was blieb ihr anderes übrig.

Sie schaute auf ihre Uhr und erschrak. Es war schon 22 Uhr. Sie lief einen Schritt schneller, sie freute sich schon auf ihr zu Hause.

Endlich ein Café, dachte sie sich als sie um die Ecke bog. Durch die große Glasscheibe konnte man hinein sehen. Da drinnen tobte das Leben. Es war voll, verraucht und laute Musik dröhnte nach draußen.

Jenna schaute noch einmal genauer hin, war das nicht Courtney?

Sie sah ihre Freundin mit einem anderen Mann am Tisch sitzen. Colin könnte es nicht sein, da sie sein Aussehen eh nie vergessen würde.

Courtney saß diesem fremdem Mann

gegenüber am Tisch und hielt seine Hand,
deren Blick sah nicht gerade
freundschaftlich oder geschäftlich aus.
Jenna konnte ihren Augen kaum trauen,
Courtney stand auf, küsste diesen Mann auf
den Mund und lief dann zur Bar.
Jenna lief so schnell wie möglich nach
Hause, sie war so entsetzt. Courtney war
ihre beste Freundin, wieso tat sie so etwas?
Das hätte Jenna nie von ihr gedacht. Sie
liebe doch Colin hatte sie ihr doch so oft
gesagt und wollte ihn heiraten warum tat sie
dann so etwas, dachte Jenna.
Jenna suchte schon auf der Einfahrt ihres
Grundstückes nach ihrem Schlüssel, fand
ihn und schloss so schnell wie möglich die
Tür auf. Colin saß im Wohnzimmer auf der
Couch.
Jenna fragte ihn wo Courtney sei, obwohl
sie es ja ganz genau wusste, aber sie konnte
es ihm nicht sagen, sie hätte doch keine
beste Freundin verraten können, egal wie
sehr sie Colin mochte.
„Sie ist bei einer Freundin wegen ihrem
Hochzeitskleid", sagte Colin und zappte das
Programm hoch und runter.
„Bist du dir sicher?" fragte Jenna
„Ja hat sie mir doch gesagt, wir haben keine
Geheimnisse voreinander. Warum fragst du
Jenna?". „Nur so, hat keinen bestimmten
Grund. Ich geh jetzt ins Bett. Ich wünsche

dir eine gute Nacht Colin" sagte sie und verließ das Wohnzimmer. Sie ging ins Schlafzimmer, dort saß sie noch lange auf ihrem Bett und dachte darüber nach, wie sie sich verhalten sollte. Zu wem sollte sie halten oder sollte sie sich gar ganz raushalten? Ihre Gedanken sprangen hin und her. So unsicher war sie sich noch nie in einer Sache gewesen. Sie fand es aber als beste Lösung sich da rauszuhalten und so zu tun, als wenn sie nichts wüsste immerhin wollte sie keinen von Beiden verlieren. Jenna ging ins Bad, danach ins Bett und schlief ein.

Verrat oder Recht?

Ein paar Tage später traf sie Courtney in der Küche an.

„Wo ist Colin?" fragte Jenna. „Er ist beim Arzt, er will sich impfen lassen. Das wird mal wieder Zeit, immerhin wollen wir in den Flitterwochen nach Afrika!", sagte Courtney und strahlte übers ganze Gesicht. Sie strich sich ihre Haare aus dem Gesicht.

„Toll!" antwortete Jenna."Was ist denn los?" entgegnete Courtney zaghaft.

„Was war das vor ein paar Tagen? Ich hab dich gesehen mit diesem Mann in diesem Café."

Courtney wurde blass und setzte sich auf den Küchenstuhl. „Nichts war da, es war ein Kollege von der Agentur."

„Ein Kollege? Und Mitarbeiter küsst man so wie du ihn geküsst hast auf den Mund?" schrie Jenna.

„Ich weiß es war falsch von mir, ich hätte besser aufpassen sollen, dass mich keiner sieht.

„Wie bitte"? fragte Jenna. „Du hättest es erst gar nicht tun sollen! Wie lange geht das denn schon so mit Euch?"

„Seit ungefähr einem Monat, wir kennen uns allerdings schon lange, aber wir konnten nie zusammen sein. Er ist verheiratet seit drei Jahren."

„Na das ist ja noch schöner!", sagte Jenna mit Tränen in den Augen.

„Bitte sag Colin nichts, ich will ihn nicht verlieren Ich liebe ihn!" flehte Courtney.

„Wenn du ihn lieben würdest, würdest du nicht so etwas doch nicht machen Courtney!"

„Ich werde es beenden, aber Colin darf davon nichts erfahren!" sagte Courtney.

„Ich werde ihm nichts sagen, dass musst du dann schon selber tun, bevor er es selbst sieht, so wie ich es letztens gesehen habe. Ihr saht aus wie ein verliebtes Paar, dir hätte doch klar sein müssen, dass euch jemand sehen kann, vor allem Colin hätte euch sehen können, dass hätte ihm das Herz gebrochen." „Wieso ist dir das eigentlich so wichtig was Colin fühlt? Du kennst ihn doch kaum" fragte Courtney.

„Es ist eben so, man geht so nicht mit jemandem um den man liebt und ich dachte du tust das."

„Ja sicher", sprach Courtney.

„Wieso ist er denn überhaupt hier? Er wohnt doch nicht in meiner Stadt oder doch?"

„Nein tut er nicht, er wohnt fünf Kilometer von mir entfernt, als ich ihm gesagt hatte das ich dich besuchen werde, fuhr er mir hinterher, er sagte seiner Frau er habe ein

Geschäftstermin hier in der Nähe."

„Super, jetzt ist es schon so weit, dass er noch nichtmal ein oder zwei Wochen ohne dich kann", sagte Jenna. „Doch nur….". Der Satz von Courtney wurde durch das Klingeln des Telefons unterbrochen. Es war John, der um die Anwesenheit Jennas bat.

„Ich bin gleich da", sagte sie.

„Soll ich zur Firma kommen?"

„Ja", sprach John. „Beeil dich bitte, es ist wichtig."

Jenna holte ihren Mantel aus der Küche und rannte los.

Sie schrie noch ein Tschüss zu Courtney, doch sie antwortete ihr nicht.

Draußen war es immer noch kalt, aber durch das Rennen ist mir wenigstens warm, dachte sich Jenna. Sie rannte so schnell sie konnte und machte sich schon Sorgen was los sein könnte. John klang so verzweifelt am Telefon.

Sie bog in die Lilienstraße ein, jetzt war es nicht mehr weit. Es war schon dunkel draußen, sie wunderte es, dass John immer spät abends anrufen musste und das während ihres Urlaubs. Sie hatte doch so sehr gehofft einmal ein paar Wochen auszuspannen, vor allem jetzt wo es ihr so langsam zu viel wurde mit Colin.

Sie sah schon von weitem Licht in der

Firma. Sie stieg die Treppen zum Gebäude hoch und sah schon durch das große Glasfenster alle Kollegen zusammen stehen, sogar Lisa, die Putzfrau war da und die anderen drei Angestellten.

Linda, welche ein perfektes Familienleben führte und nebenbei noch Karriere machte trotz zwei kleinen Kindern.

Jenna bewunderte sie dafür, sie wüsste nicht ob sie so etwas auch könnte.

Michael, der Mann, der seit ungefähr zwölf Jahren in dieser Firma eingestellt war, aber noch nie befördert worden ist, obwohl seine Arbeit gut war und Harry der Lieferant und Lkw Fahrer der Firma, der Mann mit den vielen Tattoos auf dem Arm, der einem typischen Lkw Fahrer sehr ähnlich sah und seine Leidenschaft dem Motorrad fahren galt.

Jenna betrat die Firma und begrüßte alle.

„Da wir jetzt alle da sind, kann ich ja anfangen", sprach John.

Lisa und Jenna schauten sich fragend an.

„Es tut mir leid Jenna, dass ich dich schon wieder so kurzfristig angerufen habe und das in deinem Urlaub", sagte John.

„Es ist schon Ok, ich würde nur gerne wissen worum es geht."

„Also, ich werde meinen Posten als Filialleiter freigeben."

„Wie bitte?" sagte Jenna. Sie riss die Augen

auf. „Das kann doch nicht sein, warum denn? Du bist doch gut und es macht dir Spaß und es gab doch nie eine Beschwerde von irgendwem, seit du hier arbeitest und das sind immerhin schon acht Jahre!"
„Nein ich werde nicht mehr arbeiten, es gibt einen Grund, doch den werde ich hier nicht zu Worte bringen.
Es ist so, es tut mir leid, aber ich bin mir sicher, dass ihr einen anderen Chef finden werdet", sprach John.
Jenna drehte sich um und ging. Es war ihr egal was die Anderen jetzt sagen würden, sie verließ ohne ein Wort die Firma immerhin wusste sie ja warum John aufhören wollte.
Es war bestimmt wegen seinem Sohn, dachte sie. Vielleicht hatte es sich verschlimmert mit ihm, vielleicht sogar sehr, immerhin war ich schon seit über einer Woche nicht mehr bei ihm gewesen und so was kann sich doch schnell verschlimmern, sprach sie zu sich selbst.
Sie bekam Gänsehaut und spürte Angst. Sie kannte diesen Jungen nicht, doch sie bekam Tränen in den Augen, wenn sie an John und seinen Sohn dachte.
Warum so ein Kind und in dem Alter, sie hatte doch so sehr gewünscht, dass es besser wird.
Manchmal fragte sie sich wirklich, ob es einen Gott gab, wenn so etwas mit Kindern

passiert, die doch eigentlich Lernen und Spielen sollten. Kinder, die sich um nichts Sorgen machen sollten und ihre Kindheit doch genießen müssen so wie sie es damals getan hatte, dachte sie.

Sie überlegte, ob sie John noch besuchen sollte in zwei Stunden, aber da es dann schon so spät wäre und er sicherlich seine Ruhe haben wollen würde, beschloss sie es auf Morgen zu verschieben und ins Bett zu gehen, sobald sie zu Hause war.

Ein Tag wie kein anderer

Am nächsten Morgen, als sie aufstand, saß
Colin schon in der Küche und frühstückte.
„Guten Morgen!", sagte Colin, doch bei
Jenna kam nur ein müdes „Morgen" heraus.
„Was ist los?" fragte er.
„Nichts, ich habe nur schlecht geschlafen."
entgegnete Jenna.
„Du hast doch irgendwas, das spüre ich."
„Ja Ok, du hast Recht."
Und Jenna fing sofort an Alles von John und
ihrer Firma zu erzählen. Über das mit
Courtney behielt sie stillschweigen und tat
so, als wenn nichts wäre.
„Ich muss jetzt auch los", sagte sie leise.
„Ich wollte jetzt direkt zu John, um ihn
genau zu fragen was los sei, in der Firma
sagte er ja nichts. Er redet leider sowieso mit
kaum Jemanden, aber genau das würde ihm
gut tun."
„Ja ist in Ordnung, ich muss auch gleich
los", sagte Colin, während er sich schon den
Mantel anzog und ihn mit seinen Händen
glatt strich.
„Ich werde in die Stadt fahren, um noch ein
paar Besorgungen für die Hochzeit zu
machen, außerdem muss ich dringend noch

mal zu unserer Hochzeitsplanerin, dort ist einiges schief gelaufen und heute Abend muss ich dringend mit dir sprechen, aber es ist nichts schlimmes", sprach er und verließ das Haus mit einem lauten Knall der Tür.
Jenna saß noch am Küchentisch und versprach sich, sich diesmal keine Gedanken um Colin und Courtney zu machen. Heute einmal nicht darüber nachzudenken , sich jetzt voll und ganz um John zu kümmern und auch keinen Gedanken daran zu verschwenden , was Colin ihr wohl heute Abend sagen würde.
Sie verließ das Haus und machte sich auf dem Weg zu John, da er seinen Job aufgegeben hatte, müsste er jetzt doch sicherlich zu Hause sein.
Ja ganz sicher ist er zu Hause, sprach Jenna zu sich selber, während sie sich aus Angst auf die Lippen biss.
Es wird schon alles in Ordnung sein, vielleicht ist gar nichts mit seinem Sohn, vielleicht hat er es ja nur gemacht, um etwas mehr Zeit für ihn zu haben, immerhin ist seine Situation schlimm genug. Jenna bewunderte John für seine Stärke.
Sie dachte daran, dass sie es schon für Probleme hielt, wenn sie ihrer Freundin nicht ganz die Wahrheit gesagt hatte und das Stress für sie schon bedeutete acht Stunden am Tag arbeiten zu gehen, während John

wahrscheinlich Tag und Nacht im
Krankenhaus verbrachte, um für seinen
Sohn dazusein und in letzter Zeit auch noch
die Firma zu leitete.
Als sie bei ihm angekommen war, stand sie
noch ein paar Minuten ängstlich vor seiner
Tür.
Sie hatte Angst etwas schlimmes zu erfahren
und damit nicht klar zu kommen, nicht zu
wissen wie sie sich John gegenüber
verhalten sollte, geschweige denn was sie
sagen sollte.
Sie drückte auf die Klingel und musste eine
Weile warten, bis sich etwas im Haus tat.
Als John die Tür aufmachte traute sie ihren
Augen nicht, er sah müde aus, hatte
Augenringe und seine Haare waren zersaust.
„Kann ich mit dir sprechen?" fragte Jenna.
„Ja komm rein", sagte John und machte die
Tür etwas weiter auf.
„Bei dir ist es aber schön warm ", sagte
Jenna, als sie ihren Mantel auszog und ihn
über das Treppengeländer legte.
„Ich habe einen Kamin, daran wird es
liegen, es ist dann immerhin nicht so teuer",
keuchte John, bevor er laut zu Husten
anfing.
„Was ist denn los? Bist du krank?" fragte
Jenna.
„Komm mit ins Wohnzimmer, dann erkläre
ich dir alles", sagte er. Im Wohnzimmer sah

es gemütlich aus und warm war es, der Kamin knisterte und auf dem Tisch stand heißer Kakao, was Jenna schon von weitem gerochen hatte. Von seinem Wohnzimmer aus konnte man perfekt in seinen Garten schauen, der von Bäumen überseht war. Es war Johns Hobby, schon als Kind hatte er Bäume gepflanzt und Jahre darauf gewartet, bis diese die erste Kirsche oder den ersten Apfel trugen.

„Setz dich doch!" So wurden Jennas Gedanken von Johns Aufforderung unterbrochen.

Jenna setze sich auf das Sofa, während John es sich lieber auf einem dazu gestellten Stuhl gemütlich machte.

„Kannst du mir sagen, warum du die Stelle als Abteilungsleiter nach so vielen Jahren aufgibst?" Was ist der Grund? Ist etwas mit deinem Sohn?", fragte Jenna leise.

John fing wieder an zu Husten, doch diesmal noch lauter und heftiger, als er es vorhin im Flur getan hatte.

„Jenna, mein Sohn ist vor drei Tagen gestorben", flüsterte John.

Jenna lehnte sich an und sie spürte, wie sie zu zittern begann.

„Es tut mir leid, ich hatte so gehofft, dass ihr es schafft und dass er wieder gesund wird", sprach Jenna.

„Das haben wir alle gehofft, aber gebracht

hat es leider nichts, es ist zu spät", sagte
John laut.

„Jetzt verstehe ich auch, warum du kündigen
willst", sagte sie.

„Ja genau deswegen, ich kann nicht mehr,
ich habe Jahre gekämpft für meinen Sohn
und für meinen Job, aber jetzt ist die Zeit
gekommen, an der ich es nicht mehr schaffe.
Ich bin allein und werde mir eine kleine
Wohnung am Rande der Stadt suchen, dort
wo mich nichts mehr an meinen Sohn
erinnert, dort wo ich Niemanden kenne und
ich alles in Ruhe verarbeiten kann."

„Das kann ich verstehen", sprach Jenna.

„Aber willst du wirklich dein Leben für
immer verändern? Warum lässt du dich
nicht beurlauben für ein oder zwei Jahre, ich
bin sicher die Firma würde dich danach
wieder einstellen und du könntest dir eine
Pause gönnen. Ich kann verstehen wie sehr
das dich mit deinem Sohn mitnimmt, aber
hätte er gewollt, dass du wegen ihm alles
aufgibst und nicht mehr normal weiterlebst?
Ich glaube nicht", sprach Jenna.

„Vielleicht hast du Recht, vielleicht ist das
Alles zu überstürzt ich weiß ja noch nicht
einmal ob die außerhalb der Stadt jemanden
suchen und Geld muss ich ja schließlich
verdienen.
Ich werde mir erstmal ein Jahr Ruhe gönnen
und dann entscheide ich weiter, dann werde

ich gleich mal zur Firma gehen und versuchen es zu klären", sagte John und stand auf.

„Du musst ihnen die Wahrheit sagen, sie werden Verständnis haben, es hilft drüber zu reden und wenn du sie anlügst bringt dich das nicht weiter, weder für dich noch für deinen Job. Sag ihnen was du in letzter Zeit durchgemacht hast und wie schwer es war. In der Firma denkt jeder du hättest noch nicht einmal Verwandte und wärst den ganzen Tag alleine zu Hause. Niemand ahnt was du in letzter Zeit getan hast und wie stark du bist. Das meine ich ernst. Ich bewundere dich für deine Stärke und glaub mir dein Sohn tut es von da oben auch, auch wenn es nichts bringt", sagte Jenna.

„Vielleicht hast du Recht", sprach John und verließ das Wohnzimmer um sich umzuziehen für die Firma.

Jenna nahm ihren Mantel umarmte John und sprach ihm Mut zu.

„Du kannst mich immer zu Hause erreichen, wenn du jemanden zum Reden brauchst", sagte sie ihm auf dem Weg zur Haustür.

Auf dem Heimweg spürte Jenna das ihr eine Träne die Wange runter lief, sie spürte jede Einzelne.

Sie hoffte so sehr, dass John jetzt nicht in seinen Zweifeln unterging, sondern es irgendwie verkraften würde, auch wenn es

lange dauern wird, sie war fest davon
überzeugt, dass er es schaffen könnte, er
hatte schon so viel in seinem Leben
geschafft.

Kurz vor ihrer Straße beschloss sie noch im
Café um die Ecke etwas zu trinken und sich
ein Brötchen zu gönnen.

Es war um die Mittagszeit und sehr voll im
Café.

Sie hatte Glück und fand noch einen kleinen
freien Tisch direkt am Fenster, welches zur
Straße zeigte.

Sie träumte vor sich hin und stützte ihren
Kopf auf ihrer Hand ab.

Ihr tat es alles so leid, aber sie musste weiter
leben und sich nicht so viele Gedanken
machen.

Draußen regnete es in Strömen und sie
freute sich darüber, dass sie das Glück hatte
es noch rechtzeitig hergeschafft zu haben.

Sie stocherte mit dem Löffel in ihrem Kaffee
herum und schaute hinunter auf den Tisch.

„Entschuldigung?" sagte eine freundliche
Männerstimme. Jenna schrak hoch.

„Darf ich mich zu Ihnen setzten, alle Tische
sind belegt und meinen Kaffee habe ich
schon bestellt. Ich werde Sie auch nicht
stören", sagte der Mann und ein leichtes
Grinsen zog sich über sein Gesicht.

„Ja ist in Ordnung, etwas Gesellschaft
schadet nie", sprach Jenna und nahm ihren

Mantel von dem leeren Stuhl. „Setzen Sie sich."

„Danke", sprach der Mann stellte seinen Kaffee ab und schlug die Zeitung auf, um darin zu lesen. Jenna schaute wieder auf die Straße, die Leute an den Tischen um sie herum brachen ab und zu in frohes Gelächter aus und Jenna hasste die Stille an ihrem Tisch. Sie schaute kurz zu dem Mann mit der Zeitung, der ja genau gegenüber von ihr saß, doch er verschwand hinter seiner Zeitung nur ab und zu schaute er sie an, was sie im Augenwinkel sah.

„Sind sie oft hier?" hörte sie ihn fragen.

„Eigentlich nicht, ich bin das erste Mal seit drei Monaten wieder hier", murmelte sie.

Er schaute sie an und legte seine Zeitung zur Seite, er trank einen Schluck von seinem Kaffee.

Man konnte ihm ansehen, dass dieser noch heiß war, denn bei jedem Schluck verzog er leicht das Gesicht.

Jenna fand das süß.

Er trug ein rotes Hemd und eine schwarze Hose, er hatte kurze braune Haare und auffallend braun-gelbe Augen, was es sicherlich nicht oft gab und war ein Stück größer als Jenna. Er hatte ein schönes Lächeln und gepflegte Zähne.

„Ich bin Julian", sprach er plötzlich und reichte Jenna seine Hand. „Ich arbeite in der

Bank hier gleich um die Ecke und verbringe hier ab und zu meine Mittagspause."

„Ich bin Jenna", sprach sie und lächelte ihn an..

„Ich habe Sie hier noch nie gesehen, wie lange arbeiten sie denn schon hier in der Bank?"

„Erst seit zwei Monaten, aber es gefällt mir gut hier, dass Arbeitsklima ist gut, verstehen Sie?"

„Das war in der Firma, bei der ich vorher war echt schlimm, niemand verstand sich auch nur annähernd mit dem Anderen. Ein harter Konkurrenzkampf, aber wenn der Chef da war lief natürlich alles super. Sie werden das vielleicht kennen."

„Ja", sagte Jenna.

„Wo arbeiten Sie denn?"

„Auch hier in der Stadt zwei Straßen weiter bei der großen PC -Firma im Büro, nur leider will unser Abteilungsleiter aufhören und das finde ich ziemlich traurig, weil ich mich in letzter Zeit sehr gut mit ihm verstand."

„Das ist schade", murmelte Julian. „Und die anderen Kollegen?"

„Die sind Ok, haben aber auch alle Probleme zu Hause und deswegen sind sie gestresst und haben natürlich nicht die beste Laune beim Arbeiten."

Julian lachte. „Ja das kenne ich auch."

„Darf ich fragen wie alt sie sind?" sprach Jenna verlegen.

"Ich bin 32 Jahre."

Jenna hielt den Kaffee fest in ihrer Hand sie war innerlich froh jemanden neues kennen gelernt zu haben, mit dem sie sich einfach mal locker unterhalten konnte und all ihre Probleme für ein paar Minuten verschwanden.

„Haben sie heute noch etwas vor?" fragte er plötzlich.

„Nein, ich habe im Moment Urlaub und nicht viel zu tun", erwiderte Jenna.

„Was halten sie davon, wenn ich mir den Rest des Tages frei nehme und wir etwas unternehmen? Sie sehen traurig aus und ich spüre das sie froh sein werden, mit jemandem reden zu können oder irre ich mich?"

Jenna stellte ihren Kaffee ab und schaute verlegen zu Boden. „Ja Sie haben Recht, etwas Gesellschaft wäre im Moment wirklich schön", sagte Jenna.

„Gut, ich bin in ein paar Minuten wieder hier."

Julian legte seine Zeitung auf den Tisch, trank schnell seinen Kaffee aus und ging aus dem Café Richtung Bank.

Jenna kam sich komisch vor, sie kann doch nicht einen fremden Mann von der Arbeit abhalten und was soll sie ihm überhaupt erzählen, sie hatte Angst ihn mit ihren Problemen zu langweilen. Was ein komisches Gefühl, dachte Jenna als sie auf ihn wartete. Sie fühlte sich kurze Zeit wie eine 15-jährige, die etwas riskieren wollte.

Als sie ihren Kaffee ausgetrunken hatte schaute sie aus dem Fenster, sie konnte nicht wirklich glauben, dass er wieder kommen würde. Vielleicht war er so ein Mann, der viel erzählte, aber nichts einhielt.

Noch während sie darüber nachdachte, hörte sie die Klingel vom Café, die immer schellte wenn jemand es betrat.

Er war tatsächlich wieder gekommen. Jenna spürte, wie sie unsicher wurde, aber sich dennoch auf den Unbekannten und diesen Nachmittag freute.

„Sehen Sie, da bin ich wieder!"

„Wollen Sie noch etwas hier bleiben oder wollen wir etwas spazieren gehen?" fragte er.

„Wir können gerne gehen, wenn Sie wollen."

Jenna nahm ihren Mantel zog ihn an und die Beiden verließen das Café.

„Hier hinter dem großen Gebäude ist ein wunderschöner Park, dort können wir gerne etwas spazieren gehen."

Jenna nickte ohne etwas zu sagen und lief neben ihm her.

Was tat sie? Sie kann doch nicht einfach so

mit einem Fremden spazieren gehen, so was war ihr noch nie passiert, aber irgendetwas spürte sie, wenn sie in sein Gesicht sah, eine Art von Nähe, die sie damals vor dem Restaurant beim Anblick von Colin gespürt hatte, genau dasselbe Gefühl hatte sie jetzt wieder.

Die Stille zwischen Julian und Jenna unterbrach er plötzlich.

„Wollen Sie mir etwas mehr von sich erzählen?"

„Ja, aber bitte lassen Sie das Sie, Sie können Du zu mir sagen."

Man sah ihm an, dass er sich darüber freute. Den ganzen Nachmittag verbrachten sie zusammen, sie erfuhr einiges über ihn, er wohnte alleine, war nicht verheiratet und seine Leidenschaft war Fußball, was man ihm so gar nicht ansah. Mit seinem Hemd sah er nicht unbedingt danach aus, aber Jenna fand dies süß. Im Laufe des nachmittags ertappte sie sich immer wieder dabei irgendetwas an ihm süß zu finden, sei es auch nur die kleinste Geste.

Seine Art faszinierte sie. Den ganzen Nachmittag spazierten sie durch den Park und Jenna konnte ihm alles erzählen, einfach alles, immerhin wollte sie Colin und Courtney nicht kurz vor der Hochzeit mit so etwas belasten.

Sie fühlte sich einsam, bevor sie an diesem

Tag Julian traf, alles war wie weggepustet.
Sie hatte den ganzen Nachmittag nicht
einmal an Colin, Courtney oder die Arbeit
gedacht.
Als es langsam dunkel wurde und Jenna
spürte das der Nachmittag zu Ende ging
blieben sie unter einer gerade
eingeschalteten Laterne stehen.
„Es war ein wunderschöner Tag mit dir",
flüsterte Jenna.
„Nein, mit dir war er noch viel schöner",
erwiderte Julian und lächelte.
„Ich werde jetzt nach Hause gehen und
schlafen, vielleicht sehen wir uns ja Morgen
in dem Café zur Mittagszeit."
„Ja, das wäre sehr schön, ich würde mich
wirklich sehr freuen", sagte er warf ihr einen
Handkuss zu und ging. Sie stand noch eine
Weile unter der Laterne und schaute ihm
wortlos hinterher.
Das kann doch nicht sein, sollte sie auf
einmal Glück haben, sie hatte sich die
ganzen Jahre so herumgeschlagen und jetzt
auf einmal trat dieser besondere Mann in ihr
Leben und raubte ihr schon am ersten Tag
den Atmen.
Sie grinste in sich hinein und ging nach
Hause.
Unterwegs bemerkte sie wie schön der
Regen war, wie schön die kahlen Bäume
waren und wie wunderschön die Straße

aussah, wenn es dunkel war und alle Fenster der Häuser beleuchtet waren.

Von außen konnte sie sehen, wie eine Familie den Weihnachtsbaum im Wohnzimmer aufbaute, sie hörte Kinderlachen durch geöffnete Fenster und fühlte sich seit langer Zeit wieder gut.

Ja sie war glücklich.

Sie lief glücklich durch die Straßen und hatte ein kleines Lächeln auf ihren Lippen.

Als sie die Tür zu ihrem Haus aufschloss, und das Wohnzimmer betrat wurde sie schon von einem „Hi Jenna!" begrüßt.

Colin lag auf dem Sofa und guckte Fernsehen.

„Hi, wo ist Courtney? War sie schon hier?"

„Nein, war sie nicht, ich weiß nicht genau wo sie ist vielleicht etwas wegen der Hochzeit planen", sprach Colin.

„Du siehst so glücklich aus, was ist passiert?"

Jenna platzte förmlich aus sich heraus und begann Colin von ihrem wunderschönen Tag zu erzählen.

„Du warst mit einem Mann aus?" zischte Colin.

„Ja war ich"? Was ist so schlimm daran, ich wünsche mir auch glücklich zu sein", erwiderte Jenna

„Schon gut", sagte Colin und konzentrierte sich wieder auf den Fernseher.

Jenna ging in ihr Zimmer und legte sich aufs
Bett sie musste erstmal die Eindrücke dieses
Tages verarbeiten. Sie hoffte so sehr das er
Morgen wieder in diesem Café sein würde
und das er den Nachmittag genauso schön
fand, wie sie es tat.
Alles was sie dachte war plötzlich nicht
mehr verloren und verzweifelt, in ihren
Gedanken fand sie für alles eine Lösung.
Dann schlief sie ein.

Echte Gefühle?

Am nächsten Morgen wachte sie schon glücklich auf, sie freute sich auf die Mittagspause von Julian und hoffte so sehr, dass er dann wieder im Café war.
Sie zählte die Minuten und war sich sicher, dass sie diesen Mann näher kennen lernen wollte und er es bestimmt ernst meinte mit ihr und nicht nur den Nachmittag mit ihr verbrachte, weil er gerade Langeweile hatte oder mal wieder etwas Abwechslung brauchte. Nein so ein Mann war er nicht. Als sie mittags im Café ankam saß er schon an demselben Tisch wie am Tag davor und lächelte sie an. Es roch nach frischem Kaffee und Brötchen und die Bedienungen rannten hastig hinter der Theke hin und her.
„Hallo hübsche Frau", sagte er und umarmte sie.
„Ich habe mich auf dich gefreut, der Tag gestern war wirklich wunderschön, würde ich nicht vergessen."
Jenna setzte sich erstmal, nachdem was sie da gehört hatte, wenn sie an Eric dachte fielen ihr nicht solche Sätze ein, er hatte niemals so etwas zu ihr gesagt noch nicht einmal während der langen Beziehung. Er

war so anders gewesen und sie freute sich
das Julian ganz anders war, komplett anders
und vielleicht noch besser als Colin.
„Kellnerin einen Café für die Dame bitte!",
rief er durch den Laden.
Jenna grinste und schaute ihn an.
„Ich habe mich so gefreut dich wieder
zusehen", sagte er wieder.
„Ich mich auch, erwiderte Jenna.
Ich hoffe wir wiederholen diesen Tag so
schnell wie möglich."
„Ich werde sehen was ich machen kann",
sagte Julian
„Wie lange hast du denn noch Urlaub?"
„Noch drei Wochen. Bald ist ja
Weihnachten und dann habe ich noch bis
Ende der ersten Neujahrswoche frei, mein
Jahresurlaub sozusagen" sprach sie und
grinste.
„Über Weihnachten habe ich auch Urlaub",
sprach er.
„Wie wirst du Weihnachten verbringen?
Sicher bei deiner Familie, oder?"
Jenna lachte. „Nein, das habe ich dir ja noch
nicht erzählt, meine Eltern wohnen in den
USA, weil mein Vater dort eine eigene
Baufirma betreibt."
„Oh, so was hört man auch selten", sagte er
lachend.
„Was hälst du davon, wenn wir unsere
Handynummern austauschen, so kann ich

dich immer und überall erreichen hoffe ich",
murmelte Julian.

„Ja gerne", sprach Jenna zog ihr Handy aus
der Manteltasche und diktierte ihm ihre
Nummer.

„Meine bekommst du dann, wenn ich mich
bei dir melde", sagte er.

„Was machst du heute Abend?" fragte sie.

„Ich werde Fernsehen schauen, mein
Lieblingsfilm (Weil es dich gibt) kommt im
Fernsehen", sagte er.

Jenna fand es süß, dass er so was schaute.

„Den kenne ich noch nicht", sprach sie und
trank ein Schluck von ihrem Kaffee.

„Wenn du willst können wir den ja
zusammen gucken?", fragte er.

„Ich würde gerne, aber das ist heute
schlecht. Meine beste Freundin und ihr
Verlobter wohnen im Moment bei mir und
die beiden heiraten bald, ich hatte denen
versprochen ihnen heute Abend bei den
Catering Vorbereitungen zu helfen."

„Ok", sagte Julian und er klang nicht einmal
beleidigt.

Jenna war traurig, sie würde so gerne den
Abend mit Julian verbringen, aber sie konnte
ja Courtney nicht im Stich lassen, wo doch
bald der wichtigste Tag ihres Lebens sein
würde.

„Ich melde mich bei dir", rief Julian noch als
er das Café verließ.

Jenna nahm ihre Sachen und ging.

Zu Hause saß Colin schon am Tisch und wartete. „Wir waren doch um 14 Uhr verabredet wegen den Vorbereitungen", sprach er.

„Ja, Entschuldigung ich war unterwegs und habe es nicht eher geschafft."

„Warst du bei diesem Mann?" zischte Colin.

„Ja war ich, ich habe mich eben mit ihm im Café getroffen."

Colin guckte entsetzt und ging zum Schrank um sich etwas zu trinken zu holen.

„Courtney müsste gleich hier sein", brummte er.

Fünf Minuten später kam Courtney und durfte sich auch etwas anhören, weil sie zu spät war.

Eine Stunde später saßen alle am Tisch und machten sich über die Vorbereitungen her.

Colin sprach an dem Tag nicht viel .Er beachtete Jenna kaum, so als wenn er sie plötzlich nicht mehr mochte, aber was erwartet er, sie hatte akzeptiert das er Courtney liebte, also was will er noch.

Plötzlich fing Courtneys Handy an zu klingeln, sie stand auf und verließ die Küche um zu telefonieren.

Jenna und Colin schwiegen sich an und Colin würdigte sie nicht eines Blickes. „Was ist los?" fragte Jenna.

„Nichts, es ist alles in Ordnung, ich kann

dich nur nicht verstehen. Warum du mit einem Mann ausgehst", murmelte er.

„Was erwartest du Colin? Das ich ewig alleine bleibe? Ich habe verstanden das du Courtney liebst und bei ihr bleiben wirst. Für uns ist es eben zu spät, dass weiß ich doch."

Courtney unterbrach Colins und Jennas Gespräch, indem sie in die Küche platzte.

„Ich muss weg", sprach sie

„Wo musst du denn hin?" fragte Colin. „Wir wollten doch die Vorbereitungen machen? Was ist denn jetzt wichtiger?"

„Eine Agentur", rief sie vom Flur aus zu Colin. „Ich muss weg. Tschüß!"

Und die Tür knallte ins Schloss.

Jenna dachte sich nur, dass es ja ein schöner Abend werden würde mit Colin, da er jetzt schon schlecht drauf war, dann könnte es ja nicht gut ausgehen.

„Ich gehe Fernsehen schauen", sprach sie und stand auf.

Sie setzte sich aufs Sofa und schaute in die Programmzeitung. Sie fand den Sender der heute Abend Julians Lieblingsfilm bringen würde und freute sich darauf.

Ein bisschen sauer war sie schon auf Courtney, immerhin war sie der Grund warum sie Julian abgesagt hatte und hier bleiben wollte, aber andererseits konnte sie es Courtney ja nicht übel nehmen, da sie ja nichts davon wusste.

Sie ärgerte sich, dass sie sich nicht auch
Julians Nummer aufgeschrieben hatte, dann
hätte sie ihn jetzt anrufen können und mit
ihm doch noch den Abend zu verbringen.

Sie überlegte kurz noch zur Bank zu gehen,
um ihn vielleicht darauf anzusprechen, aber
es war vier Uhr Nachmittags und Freitag,
die Bank würde sicher nicht mehr aufhaben.

Während sie vor Wut auf sich selber ins
Sofakissen schlug, setzte sich Colin nehmen
sie.

„Jenna ich muss dir was sagen", flüsterte er.

„Was denn? Ich habe jetzt keine Lust zu
diskutieren", sprach sie und wollte gerade
aufstehen, als er sie am Handgelenk festhielt
und sie sich wieder zu ihm setzte. Er hielt
ihr Gesicht mit den Händen und küsste sie
einfach auf den Mund.

Jenna drückte seine Hände weg und riss die
Augen auf.

„Was soll das? Hast du vergessen, dass du
bald heiratest?"

„Es tut mir leid", sprach er, stand auf und
ging ins Badezimmer.

Jenna blieb erschrocken auf dem Sofa sitzen
und hoffte das die Zeit schnell rum gehen
würde und der Film endlich anfangen würde.

Sie machte sich etwas zu Essen, zog sich
gemütliche Sachen an und bereitete alles für
den gemütlichen Fernsehabend vor. Sie

versprach sich das mit Colin zu vergessen und sich nur noch auf Julian zu konzentrieren.

Als der Film anfing, fing sie gleich wieder damit an, an Julian zu denken, sie wollte keinen Gedanken an Colin verschwenden. Er wird heiraten und es ist zu spät, mit dem was sie tat, dachte sie.

Denn es kam ihr so vor, als kribbelte es etwas in ihrem Bauch, wenn sie an Julian dachte.

Während des Filmes piepste plötzlich ihr Handy, es lag direkt neben ihr, denn sie hoffte, dass er sich doch noch melden würde.

Sie nahm es in die Hand und öffnete die Mitteilung. Sie war von Julian. Sie spürte wie ihr Herz schneller zu schlagen begann. „Ich denke ganz doll an dich" stand in der Sms.

Sie fand das süß, so träumte sie sich noch mehr in den Film hinein und hoffte, dass Colin wieder zur Vernunft kommen würde. Der Abend verlief sonst ganz ruhig. Colin ließ sich nicht mehr blicken und Jenna dachte den ganzen Abend an den geheimnisvollen Mann aus dem Café. Nach dem Film ging sie schlafen. Am nächsten Tag sah sie Julian nicht, sie verbrachte den Tag bei John um noch einige Sachen vor seiner Abreise zu klären. „Ich werde erstmal

für ein Jahr hier verschwinden, aber sobald
ich wieder da bin melde ich mich zuerst bei
dir", sprach er und umarmte Jenna.
Sie wünschte ihm viel Glück und alles Gute
und sagte ihm noch, dass er sich jederzeit
bei ihr melden könne, wenn er das Bedürfnis
danach habe.
Nach Johns Abreise ging sie in die Stadt, um
die letzten Besorgungen für den nächsten
Tag zu machen. Ja ein Tag später war
Weihnachten. Jenna konnte gar nicht fassen,
wie die Zeit verging und was in letzter Zeit
so passiert war. Die Innenstadt war voll,
normalerweise war Jenna nicht der Typ von
Mensch, der erst ein Tag vor heilig Abend
einkaufen ging, aber dieses Jahr hatte sie es
nicht eher geschafft, sie hatte so oft vor eher
in die Stadt zu gehen, aber es hatte nicht
eher geklappt, immerhin war ja auch einiges
passiert in letzter Zeit.
Es war kalt draußen und es schneite, als sie
von Geschäft zu Geschäft lief.
Courtney kaufte sie ein schönes Kleid, weil
sie sich immer beschwerte, dass sie ja nichts
zum Anziehen habe, wenn sie mal mit Colin
ausgehen wollte. Für Colin besorgte sie ein
Parfum, da sie mit bekam das seins gerade
leer geworden war.
Als sie die beiden Sachen eingekauft hatte,
stand sie vor einem anderen Laden und
überlegte, ob sie Julian auch etwas schenken

sollte, sie war sich nicht sicher, weil sie sich ja noch nicht lange kannten und sich gerade zweimal gesehen hatten, so genau wusste sie ja nicht, was er mochte außer Fußball.

Sie beschloss nach Hause zu gehen und sich zu Hause in Ruhe etwas auszusuchen, da es in der Stadt zu laut und zu voll war um sich ernsthaft über so etwas wichtige Gedanken zu machen.

Als sie zu Hause ankam erschrak sie, als sie die Tür aufschloss, da der Flur mit Koffern belegt war.

Sie sah Colin von der Küche in sein Zimmer laufen um die restlichen Sachen einzupacken, die ihm gehörten.

„Was ist los? Wollt ihr fahren?" fragte sie Colin.

„Ja wir reisen ab, es tut mir leid, uns ist etwas dazwischen gekommen. Wir lassen dir aber rechtzeitig eine Einladung zu unserer Hochzeit zukommen."

Jenna wusste nicht, was sie in diesem Augenblick fühlen sollte, sie hatte sich auf Weihnachten mit den Beiden gefreut und war doch froh gewesen, an diesem Abend nicht alleine zu sein.

„Es tut mir leid", flüsterte Colin, als er an Jenna vorbeilief um die ersten Sachen in das Auto zu räumen.

Jenna stand immer noch wortlos im Flur hielt den Wohnungschlüssel in der Hand und hatte den Mantel noch an.

Courtney kam auf sie zu und umarmte sie.

„Danke für alles Jenna, du wirst mir fehlen, aber wir sehen uns ganz sicher zur Hochzeit wieder.

Danke, dass du nichts gesagt hast", murmelte Courtney und gab ihr einen Kuss auf die Wange.

„Ich melde mich", rief sie noch auf dem Weg nach draußen.

Courtney nahm die letzten Koffer mit und ließ die Tür ins Schloss fallen.

Jenna stand im Flur mit ihren Tüten in der Hand und verstand jetzt gar nichts mehr.

Was war denn los? Hatte sie etwas falsch gemacht? fragte sie sich.

Sie zog ihren Mantel aus und setze sich auf das Sofa. Es war 20 Uhr und draußen stockdunkel.

Sie machte den Fernseher an und dachte darüber nach was gerade passiert war.

Es wird Colins Idee gewesen sein so plötzlich zu fahren, nachdem was gestern passiert war. Er wird sich unwohl gefühlt haben und Courtney wird sicher sofort auf seine Idee eingegangen sein, da sie bestimmt die ganze Zeit ein unwohles Gefühl hatte, wenn ich mit Colin am Tisch saß oder alleine war, da ich ihm ja etwas über ihre Affäre hätte sagen können.

Jenna fand das irgendwie komisch, jeder von

den Beiden war nicht immer treu und ehrlich und sie wissen es vom Anderen nicht und haben beide Angst, dass es rauskommen könnte, obwohl es für Colin sicher eine Verletzung seines Stolzes wäre und er sich jetzt blöd vorkommen müsste, mehr als das er Angst hatte, dass Courtney es erfahren würde.

Jenna war traurig und fühlte sich unwohl in ihrer Haut. Jetzt war sie wieder alleine. Sie beschloss ihre Eltern anzurufen und erstmal alles zu erzählen.

Die Gespräche mit ihren Eltern waren selten, da sie in den USA wohnten und ein Gespräch sehr teuer war. Sie einigten sich darauf, nur alle zwei Monate höchstens dreißig Minuten miteinander zu telefonieren und diese Vereinbarung klappte gut.

Jenna liebte ihre Eltern und war stolz auf ihre Familie, auch wenn sie sie nicht so oft zu sehen bekam.

Sie nahm den Hörer ab und wählte deren Nummer.

Die Mutter ging ran und das Gespräch dauerte diesmal fast vierzig Minuten.

Sie erzählten sich alles was in letzter Zeit passiert war.

Ihre Mutter wiederholte öfters, dass bei ihnen alles in Ordnung sei und sie sich auf Weihnachten freuten, auch wenn sie Jenna vermissten.

Jenna hatte ihre Eltern schon lange nicht mehr gesehen und dachte für einen kurzen Moment darüber nach zu ihnen zu fliegen über Weihnachten, aber die Flüge werden ausgebucht sein, wenn sie morgen fliegen wollen würde.

Nach dem Telefonat fühlte sie sich besser, machte sich einen Tee und setzte sich vor den Fernseher.

Sie genoss die Ruhe in diesem Haus und das sie endlich mal abschalten konnte.

Mittlerweile fand sie es gut, dass Colin und Courtney eher gefahren waren, jetzt gibt es den ganzen Stress mit Colin nicht mehr und sie haben wieder mehr Zeit für sich und sie auch und außerdem gab es da ja auch noch Julian. Jenna versprach sich Colin zu vergessen.

Sie beschloss Julian eine selbstgebrannte CD zu machen mit Songs, von denen sie dachte, dass sie ihm gefallen könnten. Sie brauchte zwei Stunden dafür, denn sie gab sich damit sehr viel Mühe, auch wenn sie Julian an Weihnachten nicht sehen würde, hoffte sie, dass er sich darüber freuen würde.

Um elf Uhr ging sie ins Bett und den nächsten Tag ließ sie sich viel Zeit mit dem Ausschlafen.

Es war Weinachten und sie hatte jede Menge Zeit für sich und musste kein Essen vorbereiten oder Geschenke einpacken.

Weihnachten

Am Weihnachtsmorgen stand sie erst um elf
Uhr früh auf und machte sich in Ruhe
Frühstück.
Draußen schneite es immer noch, sie war
froh darüber, immerhin gab es weiße
Weihnachten was ja heutzutage nicht mehr
so oft vorkam.
Nach dem Frühstück zog sie sich um und
schaute dabei immer wieder auf ihr Handy.
Nichts. Ein bisschen enttäuscht war sie
schon, dass überhaupt nichts mehr von
Julian kam, immerhin hatte er sie gestern
nicht gesehen und sie hatte gehofft, dass er
sie ein bisschen vermissen würde oder
vielleicht ab und zu an sie dachte.
Jenna hatte sich in den letzten Tagen oft mit
dem Gedanken ertappt wie es wäre mit
Julian eine eigene Familie zu haben und wie
ihre Zukunft aussehen könnte.
Jenna war dies peinlich und sie versuchte
schnell an etwas anderes zu denken. Sie war
schon immer so, dass sie viel zu schnell und
übereilig plante.
Sie kannte ihn kaum und hatte schon solche
Gedanken.
Aber es waren auch schöne Gedanken, also
ließ sie sie doch zu.

Gegen Mittag wollte sie wieder ins Café. Sie wusste, dass Julian heute nicht arbeiten musste, aber vielleicht war er ja doch da, hoffte sie und wenn nicht, würde sie eben alleine einen Café trinken. Das hatte sie ja schon oft getan.

Als sie die Haustür öffnete und gerade hinausgehen wollte, stolperte sie fast über einen großen Tannenbaum der direkt vor ihrer Türe lag.

Sie wunderte sich, sie hatte doch gar keinen bestellt und welcher Service bringt den schon bis direkt zu der Tür und warum hatte niemand geklingelt? All diese Gedanken gingen ihr durch den Kopf, sie bückte sich und suchte einen Zettel oder irgendeine Karte an dem Baum der vielleicht einen Hinweis darauf geben würde, von wem der Baum war. Sie fand nichts.

Als sie sich aber wieder aufrichtete stand Julian vor ihr.

„Hallo Jenna", sprach er.

Jenna fiel ihm um den Hals.

„Von dir ist der Baum stimmts?" fragte sie.

„Ja, ich dachte du hättest vielleicht Lust ihn mit mir zu schmücken, als ich gestern an deinem Haus vorbei lief konnte ich ins Wohnzimmerfenster schauen und sah noch keinen Baum bei dir."

„Ja das stimmt, ich hatte keinen bestellt und heute hätte ich eh keinen mehr bekommen."

„Deswegen habe ich das für dich erledigt",
sprach Julian und lachte.
„Danke, das ist wirklich lieb von dir", sagte
Jenna.
Ihre Augen strahlten und sie spürte wieder
dieses Kribbeln im Bauch.
„Ich werde ihn dir ins Wohnzimmer stellen",
sprach Julian, nahm den Baum auf den Arm
und ging in Jennas Haus.
„Du hast wirklich ein sehr hübsches
Häuschen", sagte er.
„Danke, mein Vater hat es mir überlassen,
als er nach Amerika ging, ich solle gut drauf
aufpassen hatte er gesagt", sprach Jenna.
Julian lachte und stellte den Baum in einen
dafür vorgesehenen Ständer.
„Hast du Weihnachtskugeln?" fragte er.
„Ja auf dem Dachboden, ich hol sie eben
schnell", sagte Jenna.
Während sie die Kugeln vom Dachboden
holte freute sie sich wahnsinnig darüber, was
er gemacht hatte.
So einen lieben Mann hatte sie noch nie
gekannt und sie war auf dem besten Wege
dahin sich in ihn zu verlieben, denn sie war
sich sicher das er es ernst mit ihr meinte,
sonst würde er doch nicht so einen Aufwand
machen.
Sie war so glücklich und freute sich auf den
Abend, sie hoffte das er den ganzen Tag hier
bleiben würde und sie nicht an heilig Abend

alleine wäre.

„Hier sind sie. Etwas eingestaubt aber noch nicht kaputt", sagte Jenna als sie den Karton mit Weihnachtskugeln direkt vor Julians Füße abstellte.

„Wir haben den ganzen Nachmittag zum Schmücken", sprach er und fing an. Jenna half ihm dabei und es machte richtig Spaß, bis jetzt hatte sie die Bäume immer alleine geschmückt, selbst als sie noch mit Eric zusammen war, da er eh selten zu Hause gewesen war. Sogar an Weihnachten war er meistens den ganzen Tag unterwegs gewesen und kam erst Abends zum Essen. Nach dem Schmücken stellte Jenna überall Kerzen auf und schaltete die Weihnachtsbaumbeleuchtung an, es war schon am dämmern draußen und einigermaßen dunkel im Haus, so das es schön aussah. Jenna öffnete Rotwein für Julian und sie. Sie setzten sich aufs Sofa und hörten Musik.

Im Radio lief "I will always love you" und Jenna und Julian schauten sich an. „Das ist mein Lieblingslied", sprach Jenna.

„Ich mag es auch sehr gerne", sprach er.

„Ich habe nichts zum Essen vorbereitet", sagte Jenna.

Ich wusste ja nicht, dass du heute herkommen würdest, ich dachte du bist Weihnachten lieber bei deiner Familie."

Julian grinste. „Meine Familie wohnt in einer anderen Stadt, die werden das schon verkraften, wenn ich dieses Weihnachten bei dir bin."

Jenna freute sich und nahm sich noch einen Schluck von dem Rotwein.

„Ich habe noch etwas für dich", sprach sie und holte die CD, die sie schön eingepackt hatte aus dem Schubfach.

„Es tut mir leid, dass es nur so etwas Kleines ist", sprach sie. „Ich wusste nicht genau was du magst, da wir uns erst zweimal gesehen haben."

Julians Augen glänzten im Kerzenlicht.

„Danke Jenna!"

Er studierte die Aufschrift der CD um heraus zu finden welche Titel sich auf der CD befanden. „Du hast meinen Geschmack gut getroffen, ich mag diese Lieder und werde sie von nun an immer mit dir in Verbindung bringen."

Julian nahm Jenna in den Arm und dankte ihr dafür.

Sie kam sich schon etwas blöd vor, da es nur so ein kleines Geschenk war, aber sie freute sich darüber, dass es ihm gefiel.

Sie versuchte den ganzen Abend alles richtig zu machen, um ihn nicht zu verlieren.

Doch sie merkte schnell, dass er von ihrer Art angetan war und nicht von dem was sie tat.

Als es später wurde und Jenna und Julian
schon eine Flasche Wein geleert hatten und
die Nächste angebrochen wurde, kam er auf
die Idee zu tanzen.

„Hast du Lust?", fragte er Jenna.

„Ja, wir können es versuchen, ich habe nur
schon einige Jahre nicht mehr getanzt",
sagte sie.

„Ist nicht schlimm uns sieht ja keiner, die
Gardinen zog er zu und es war kein Licht
angeschaltet im Haus außer der Kerzen und
der Weihnachtsbaumbeleuchtung.

Er legte seine CD ein und schaltete die
Musik etwas lauter. „Darf ich bitten?" fragte
er.

„Ja", sagte Jenna, grinste und stand auf. Sie
war froh, dass sie sich vorhin noch schnell
ein Kleid angezogen hatte und sich etwas zu
Recht machen konnte, als er den Rest des
Weihnachtsbaumes alleine geschmückt
hatte.

Sie tanzten und schauten sich dabei tief in
die Augen. Die Minuten rannten nur so
vorwärts und Jenna fühlte sich in seinen
Armen absolut wohl.

Sie genoss den Abend so gut sie konnte und
sie sah die Ehrlichkeit dieses Menschens
schon in seinen Augen.

Der Abend verlief weiterhin schön, sie
erzählten sich alles von einander und sie
erfuhr einiges über sein Leben.

Er hatte einen älteren Bruder, der schon verheiratet war und eine kleine Tochter hatte, auf die er ab und zu aufpasste. Jenna fand das süß, sie hatte gehofft das dieser Mann kinderlieb sein würde, da sie später auf jeden Fall Kinder haben möchte und sie es sich mit ihm schon vorstellen könnte. Alles gefiel ihr an ihm, bis jetzt hatte sie nichts auszusetzen.

Als der Abend vorbei war, brachte sie Julian noch zur Tür und bedankte sich für den schönen Abend und den wunderschönen Baum. Sie drückte ihn ganz fest an sich und gab ihm einen Kuss auf den Mund. Ihr Bauch kribbelte und sie zitterte vor Aufregung.

Julian bedankte sich auch für den schönen Abend und sagte noch, dass er sie unbedingt wieder sehen wollte, so schnell wie möglich.

„Ich werde immer an dich denken", sprach er, als er ging.

Jenna schloss die Tür und lehnte sich daran an.

Sie konnte ihr Glück kaum fassen und war so froh darüber, ihn kennen gelernt zu haben. Sie dachte oft daran, wie alles gewesen wäre, wenn sie nicht kurzfristig noch ins Café gegangen wäre oder ob er sie auch dann angesprochen hätte, wenn nicht alle Tische belegt gewesen wären, vielleicht wäre sie ihm dann gar nicht aufgefallen.

Jenna dankte Gott dafür, pustete die Kerzen aus und ging schlafen.

Die nächsten zwei Weihnachtsfeiertage waren genauso schön, jeden Tag verbrachte sie mit Julian und schönen Abenden mit ihm.

Sie spürte, dass sie nun zusammen waren.

Das Glück hält nicht lange an

Am 27. Dezember wurde Jenna schon früh
durch das Klingeln ihres Telefons geweckt.
Sie sprang hoch und rannte zum Telefon.
Sie nahm den Hörer ab.
„Hallo?"
„Hi Jenna."
„Hallo Mum", sprach Jenna.
„Ich wollte dir nur Bescheid sagen, dass ich
auf dem Weg zu dir bin, verzeih mir, dass es
so kurzfristig ist, aber es ist etwas passiert.
Mach dir keine Sorgen. Bis nachher", sagte
Jennas Mutter und legte auf.
Jenna hielt den Hörer noch in der Hand, sie
war erschrocken über das was ihre Mutter
gesagt hatte.
Ihre Mutter hieß Sandra und war 51 Jahre
alt. Sie war Lehrerin in den USA und seit 30
Jahren mit Jennas Vater Derek verheiratet.
Jenna überlegte die ganze Zeit was passiert
sein könnte, wieso kam ihre Mutter alleine
zu ihr oder war ihr Vater dabei? Was könnte
passiert sein? Vielleicht war die Firma
meines Vaters pleite, dachte Jenna und
setzte sich erstmal aufs Sofa, sie war zu
aufgeregt um sich jetzt viele Gedanken zu
machen.

Sie hatte Angst, vielleicht war etwas mit meinem Vater, aber dann hätte Mutter doch gesagt, dass ich zu ihnen kommen soll, dachte Jenna.

Sie saß zwei Stunden auf ihrem Sofa, als es endlich klingelte.

Jenna hastete zur Tür und öffnete sie.

Vor ihr stand ihre Mutter, sie hatte braune lange Haare und blaue Augen, sie sah Jenna nicht sehr ähnlich, da sie das meiste von ihrem Vater geerbt hatte.

„Hallo Jenna", sprach sie und umarmte sie.

„Hi Mama, komm rein, setz dich erst einmal , dann können wir reden", sprach sie.

Sandra stellte ihr Gepäck im Flur ab legte ihre Jacke über die Heizung und setze sich ins Wohnzimmer.

„Was ist denn los?", fragte Jenna und setzte sich neben sie, sie spürte wie ihr Puls schneller wurde.

„Ist etwas mit Papa?"

„Jenna, du darfst jetzt nicht all zu traurig sein, es ist nichts Gutes."

Jenna nickte ängstlich.

„Dein Vater hat sich von mir getrennt, er ist einfach weg seit drei Tagen."

„Nein, das kann nicht sein", schrie Jenna.

„Wir haben doch noch vor drei Tagen telefoniert und da war doch alles in Ordnung."

„Nein, es war nichts in Ordnung, ich habe

81

mich verstellt, ich wollte es dir nicht am Telefon sagen und auch nicht an Weihnachten, also bin ich heute erst hergekommen.

Dein Vater wollte selbst mit dir sprechen, aber so wie es scheint, hat er sich ja noch nicht gemeldet."

„Wie ist das denn passiert?" fragte Jenna und fing an zu weinen.

„Ihr wart doch immer glücklich, eine perfekte Ehe habt ihr geführt", schluchzte sie.

„Ja das habe ich auch gedacht, aber dein Vater sah das wohl anders."

Jenna spürte wie sie am ganzen Körper zitterte, sie konnte es nicht glauben, sie hätte nie damit gerechnet, dass so etwas ihren Eltern passiert. Es waren bis jetzt immer nur die anderen, die Probleme in ihrer Ehe hatten, auf die Ehe von ihren Eltern waren doch bis jetzt immer alle neidisch gewesen, immerhin waren sie schon seit 30 Jahren verheiratet und eigentlich immer glücklich gewesen.

Jenna nahm ihre Mutter in den Arm.

„Du bleibst jetzt erstmal bei mir", sprach sie.

„Papa wird sich schon melden und mir alles erklären", flüsterte Jenna.

„Das glaube ich nicht, er wollte sich längst bei dir gemeldet haben und mir hat er ja auch nicht alles erklärt.

Er war einfach weg."

„Das kann ich gar nicht richtig glauben,
sprach Jenna, Papa ist doch nicht so, ich
kenne ihn doch."

„Ich dachte auch das ich ihn kenne, aber nun
ist es passiert und wir müssen damit leben,
er wird schon wissen was er macht, er ist alt
genug und wenn er meint, dass er unsere
Ehe beenden muss, wird es wohl das
Richtige sein."

„Nein, das ist nicht das Richtige, sagte
Jenna, dass weißt du ganz genau."

Jenna schlug vor Wut auf ihren Vater in ihr
Sofakissen.

Den ganzen Abend weinte Jenna wie ein
kleines Mädchen und redete so gut wie sie
konnte mit ihrer Mutter über ihre Ehe.

Sie konnte es nicht glauben und nicht
verstehen, sie war erwachsen, aber fühlte
sich in diesem Moment wieder wie ein
kleines hilfloses Kind.

In der Nacht konnte sie nicht einschlafen,
doch irgendwann war sie so kaputt vom
vielen Weinen, das sie davon von ganz
alleine müde wurde und einschlief.

Am nächsten Morgen machte sie Frühstück
für ihre Mutter und sich. Es gab kein anderes
Thema mehr für Jenna und Sandra, als das
was in den USA passiert war.

Ihr Handy ließ Jenna ausgeschaltet. Es tat
ihr leid um Julian, aber sie musste sich jetzt

erstmal mit ihren Problemen auseinander setzten und für ihre Mutter da sein.

„Was hast du denn jetzt vor Mama?" fragte Jenna.

„Ich werde nach Deutschland zurückkommen, mir eine eigene Wohnung nehmen und versuchen meinen Job als Lehrerin hier fortzusetzen. Morgen werde ich zurück in die USA fliegen und meine restlichen Sachen herholen und alles andere mit deinem Vater klären, wenn ich ihn antreffe."

Jenna nickte und sagte „Du kannst die nächste Zeit natürlich bei mir wohnen, wir schaffen das schon, wir sind ja nicht alleine und vielleicht bereut Papa in der Zwischenzeit was er getan hat und wartet auf dich."

„Nein, das glaube ich nicht Jenna", sprach Sandra.

„Dazu ist zu viel passiert, er wird gar nicht den Mut haben mich zurück haben zu wollen, selbst wenn er es wollen würde. Du kennst ihn doch", sagte Sandra.

„Ja das dachte ich bis gestern Abend", sprach Jenna und trank einen Schluck Tee. Etwas essen konnte sie jetzt nicht, geschweige denn daran denken.

Ihre Mutter kaute auf einem trockenem Brötchen herum und trank zwei Tassen Tee.

„Ich werde Morgen zurück fliegen und den

Rest mit deinem Vater klären."

„Du wirst es doch wieder hinkriegen mit Papa oder?" fragte Jenna ihre Mutter.

Sandra stand auf ohne ein Wort zu sagen und legte sich wieder schlafen.

Am Abend standen schon ihre Koffer an der Tür, als Jenna ins Wohnzimmer kam.

„Willst du jetzt schon los?" fragte Jenna.

Sandra nickte und umarmte sie.

„Du schaffst das Ok? Ich weiß, dass es weh tut und du bist hier jederzeit Willkommen. Ich hoffe du schaffst es schnellst möglich mit Papa alles zu klären, um wieder nach Deutschland zu kommen."

Ihre Mutter hatte Tränen in den Augen, nahm ihre Koffer und ging.

Die Tür fiel mit einem leisen Klack ins Schloss.

Jenna stand mit zersausten Haaren und Jogginganzug im Flur und starrte noch eine Weile auf die geschlossene Wohnungstür.

Sie konnte es immer noch nicht fassen, was ihr Vater getan hatte, den sie dachte zu kennen all die Jahre, was aber anscheinend nun doch nicht der Fall war.

Sie machte sich einen Kaffee und ging duschen.

Colin

Danach aß sie erst einmal in Ruhe und
träumte vor sich hin, sie erschrak, als es
plötzlich klingelte.
Sie öffnete die Tür und Julian stand vor ihr.
„Hi meine Süße", flüsterte er ihr zu und
grinste sie an.
„Ich wollte mal vorbei schauen, ob bei dir
alles in Ordnung ist, da du nicht auf meine
letzten Anrufe und SMS reagiert hattest."
„Na ja es ist etwas passiert, sprach sie, aber
setz dich erstmal und komm rein." Sie gab
Julian einen Kuss und ging vor ins
Wohnzimmer.
Beide setzten sich nebeneinander auf die
Couch und Jenna begann zu erzählen, was
die letzten zwei Tage los war. Sie erzählte
von dem Besuch ihrer Mutter und was ihr
Vater angestellt hatte.
Julian streichelte ihre Hand und Jenna spürte
das es ihm Leid tat.
„Ich hätte deine Mutter gerne kennen
gelernt, aber unter diesen Umständen war es
wohl gut, dass ich nicht eher bei dir
aufgetaucht bin."
Jenna nickte leicht und nippte an ihrem
Kaffee.
„Ich will nur das du weißt, dass ich immer

für dich da bin und alles tun werden, damit du glücklich bist", sagte Julian.

Jenna lächelte ein wenig und nahm ihn in den Arm. „Danke", schluchzte sie.

Julian schaute auf seine Armbanduhr und sagte, dass er jetzt los müsse um noch etwas in der Stadt zu besorgen. Jenna begleitete ihn noch bis zur Tür ohne zu fragen, was er vorhabe zu holen.

Ihr war es im Moment egal, sie war froh, dass er vorbei gekommen war und für sie da war, aber jetzt noch etwas Ruhe zu haben war ihr dann doch lieber.

Julian gab ihr einen Kuss und verließ das Haus.

Jenna stellte den Fernseher an und schaute kurz auf die Uhr an der Wand, ihre Mutter müsste längst im Flieger sitzen, aber ein paar Stunden Flug hatte sie noch vor sich, dachte Jenna.

Plötzlich ging das Telefon. Jenna zögerte, ob sie rangehen sollte, da sie Angst davor hatte, dass es ihr Vater sein könnte. Sie wusste nicht, wie sie sich ihm gegenüber verhalten sollte.

Sie nahm vorsichtig den Hörer ab und stieß ein leises „Hallo" hervor.

Am anderem Ende des Telefons flüsterte eine Männerstimme „Hi Jenna, ich bin es Colin.

Courtney ist gerade nicht da und da dachte

ich, rufe ich dich doch mal an und frage wie es dir geht."

„Mir geht's gut", sagte Jenna kurz obwohl sie wusste das sie ihn angelogen hatte.

„Das freut mich."

„Du gehst mir nicht aus dem Kopf, seit ich wieder zu Hause bin", sagte Colin plötzlich.

Jennas Augen wurden größer und sie wusste nicht was sie sagen sollte, sie hatte sich solange gewünscht, dass Colin sie wollte, aber nun haben Umstände ihr Leben verändert und sie hatte andere Vorstellungen.

„Oh", antwortete Jenna.

„Ich bin ernsthaft am Überlegen, ob ich Courtney verlassen soll."

„Nein, sagte Jenna. Bleib bei ihr, ich will nichts zerstören. Sie ist meine beste Freundin und außerdem weißt du doch, dass ich mit Julian zusammen bin und ihn liebe. Ich meine du könntest es dir zumindest denken."

Colin stockte kurz. „Das mit uns war was ganz besonderes Jenna, das wirst du mit deinem Julian nicht erleben, glaube es mir."

„Doch das werde ich und das habe ich schon erlebt und mir ist jetzt auch nicht nach diskutieren."

Plötzlich hörte Jenna nur noch das Besetztzeichen des Telefons, Colin hatte aufgelegt.

Hoffentlich war sie nicht zu unfair zu ihm gewesen, schließlich kann man gegen die Liebe nichts machen, wie sie doch selbst genau wusste.

Aber Jenna war der Annahme richtig gehandelt zu haben, sie hatte jetzt Julian und liebte ihn und Colin heiratete nächsten Monat und es soll auch alles dabei bleiben, nichts soll verändert werden an beiden Beziehungen, dachte Jenna. Sie wusste ganz genau, dass sie im Inneren Colin mehr liebte als Julian und das sich daran so schnell nichts ändern würde. Wieso hatte sie ihn gerade angelogen? Wieso stieß sie ihm so gegen den Kopf? Der Mut hatte sie verlassen für ihre Liebe zu kämpfen und deswegen wollte sie nichts an der Situation ändern und sie legte sich aufs Sofa und schlief ein.

Wahnsinn

Sie wurde durch das Geräusch der
Türklingel geweckt.
Sie kroch vom Sofa und öffnete die Tür. Vor
ihr stand Julian mit einem Lächeln im
Gesicht. „Komm rein", sprach Jenna und
freute sich darüber ihn zu sehen.
Er blieb vor ihr stehen und nahm ihre Hand.
„Jenna ich weiß, wir sind noch nicht lange
zusammen, aber ich bin wahnsinnig
glücklich mit dir". Jenna schlich ein kleines
Lächeln über die Lippen.
„Du bist so eine liebe und wunderbare Frau
und ich würde dich auch jetzt schon für
nichts in der Welt wiederhergeben.
Und deswegen wollte ich dich fragen, ob du
mich heiraten möchtest?"
Jenna spürte einen Kloß im Hals, sie
wunderte sich über den unerwarteten
plötzlichen Antrag.
„Ja, möchte ich", schrie Jenna und fiel ihm
um den Hals.
Julian küsste sie.
„Es tut mir leid, dass es alles so schnell ging
und ohne Romantik und so, ich weiß ja wie
sehr du darauf stehst", witzelte Julian. „Aber
es musste sein, weil ich dich so sehr liebe,
heute Abend lade ich dich zum Essen ein. In

das beste Restaurant der Stadt und du wirst
einen wunderschönen Ring bekommen",
flüsterte er.

Jenna konnte ihr Glück kaum fassen und
wollte ihn am liebsten gar nicht mehr los
lassen.

„Ich muss vorher noch mal weg", sprach er.

„Nein" sagte Jenna, kannst du nicht hier
bleiben, jetzt kann ich noch weniger ohne
dich sein."

Julian grinste. „Es ist wirklich sehr wichtig."

„Wir sehen uns heute Abend Jenna ich freu
mich auf dich, ich hol dich um 20 Uhr ab
und wir haben den ganzen Abend und die
ganze Nacht für uns."

Jenna strahlte und für einen kurzen
Augenblick waren ihre Probleme mit ihren
Eltern vergessen.

Sie lief in ihr Schlafzimmer, um etwas
Passendes zum Anziehen zu finden,
schließlich war ja heute sozusagen ihr
schönster Tag im Leben.

Sie zog ein langes schwarzes Kleid an, das
sie sich letztes Jahr gekauft hatte, aber noch
nie getragen hatte, weil es bis jetzt noch
keinen Anlass dafür gab, aber heute Abend,
dachte Jenna.

Sie wollte sich so schön wie möglich
herrichten um Julian stolz zu machen.

Den ganzen Nachmittag verbrachte sie damit
ihre Haare zu föhnen und sich zu

schminken.

Als sie abends aus der Haustüre gehen wollte und den Schlüssel schon in der Hand hielt, piepste ihr Handy. Ihr Herz klopfte schneller, sie hatte Angst, dass es Julian sein könnte um den Abend abzusagen. Sie überlegte kurz ob sie die SMS lesen oder es einfach nicht beachten sollte, aber das würde auch nichts bringen, dachte sie, weil Julian sie ja auch nicht abholen würde, wenn er vor hätte abzusagen, also ging sie in die Küche und nahm sich ihr Handy.

Auf dem Display stand Colin, sie dachte sich was er wohl wollen würde und öffnete die SMS.

"Jenna, ich möchte nichts mehr von dir hören oder mit dir zu tun haben, ich liebe Courtney und das wird auch so bleiben, ich bereue das wir uns je kennen gelernt haben und du hast mir auch niemals etwas bedeutet, also halte dich aus meinem Leben mit Courtney raus. Colin."

Jenna zitterten die Hände das kann doch nicht sein, noch vor ein paar Tagen hatten sie telefoniert und er wollte sie für mich verlassen, dachte sie. Irgendwas stimmte da doch nicht. Sie spürte deutlich, dass sie nicht wie sie

gedacht hatte über Colin hinweg war. Jenna spielte mit dem Gedanken ihn anzurufen und nach dem Grund zu fragen, aber das würde doch nichts bringen. Es war in Ordnung, wie es war. Colin heiratete ihre beste Freundin und Julian war für sie da und sie liebte ihn. Es klingelte an der Tür, Jenna nahm ihren Mantel und ging.

Den ganzen Abend versuchte sie sich nichts anmerken zu lassen, dass es ihr innerlich richtig schlecht ging.

Sie ertappte sich öfter bei dem Gedanken an ihn und an die Zeit, die die Beiden zusammen hatten. „Was ist los mit dir?" fragte Julian. „Du bist schon die ganze Zeit so abwesend."

„Es ist alles in Ordnung", sagte Jenna atmete tief durch und versuchte den Abend zu genießen.

Julian holte eine kleine Schachtel raus und gab sie Jenna.

„Ist das?" fragte sie.

„Mach sie auf", sagte Julian und grinste.

„Es soll meine Liebe zu dir beweisen, auch wenn wir noch nicht lange zusammen sind möchte ich gerne mein Leben mit dir verbringen. Jenna, du bist mir so wichtig und ich weiß das ich dich verdammt doll liebe und dich für mein Leben brauche."

Jenna liefen Tränen die Wange hinunter, aber sie war sich nicht sicher ob es Tränen für Julian oder Colin waren, aber sie spürte das sie Julian liebte und es alles so sein musste, wie es jetzt war und das es anders nicht gehen würde.

„Dankeschön", sagte sie und gab ihm einen Kuss.

Der restliche Abend verlief schön. Sie aßen beide Buffet und redeten den ganzen Abend. Sie versuchte mit aller Kraft die Gedanken an Colin wegzudrängen, als wäre er nie in ihrem Leben gewesen, auch wenn sie diese SMS nicht verstand, sie wollte es so hinnehmen. Als Julian nach Hause gefahren war und sie spät abends auch wieder daheim war legte sie sich sofort ins Bett. Sie war nervlich so ausgelaugt und es wurde ihr alles zu viel, die Trennung ihrer Eltern, das mit Colin und jetzt ihre baldige Hochzeit. Sie wollte einfach nur schlafen und tat es auch mit dem Gedanken an Colin und wie es jetzt weitergehen würde.

Sie verstand das alles nicht und fragte sich was er jetzt wohl machen würde, wahrscheinlich war er jetzt froh sie los zu sein und endlich sein Leben zu leben mit Courtney.

Am nächsten Morgen stand sie schon früh auf um wieder arbeiten zu gehen, auf dem Hinweg dachte sie daran wie viel in ihrem Urlaub passiert war und sie war traurig darüber gleich wieder in der Firma zu sein zu müssen, ohne das John da sein würde.

Sie schwor sich ihn heute Abend anzurufen, um sich zu erkundigen, wie es ihm ginge.

Sie freute sich auf das Gespräch.

Den ganzen Vormittag war sie von der Arbeit abgelenkt, aber versuchte so gut wie möglich sich zu konzentrieren, sie ahnte nicht, dass der folgende Abend ihr komplettes Leben verändern würde.

In der Mittagspause traf sie sich mit Julian in dem Café, wo sie sich kennen gelernt hatten und aßen dort zu Mittag.

Den Abend wollte sie alleine verbringen und Julian hatte es sofort verstanden. Abends, als es draußen schon dunkel war, was schnell ging Mitte Januar, zündete sie sich Kerzen an und hörte Musik, die zu ihrer Stimmung passte.

Gegen 21 Uhr klingelte das Telefon. Sie rannte hin, weil sie dachte es wäre Julian, weil sie immer telefonierten, wenn sie sich abends nicht sahen, aber am Telefon war Courtney.

„Jenna? Es ist etwas Schreckliches passiert!"

Courtney schrie und weinte am Telefon, sie hörte sich sehr verzweifelt an.

„Was ist denn los Courtney?"

„Colin", sagte sie nur immer wieder „Colin."

„Courtney, sag mir bitte was passiert ist."

Jenna zitterte und hatte verdammt Angst davor was sie ihr sagen würde.

„Colin hatte einen Autounfall. Er ist tot Jenna!"

„Tot!"

Jenna ließ den Hörer fallen und sackte auf den Boden. Sie fing an zu weinen und konnte es nicht glauben, die letzte SMS war so gemein und so soll er aus ihrem Leben getreten sein? Das kann doch nicht, er muss doch leben, er kann doch nicht einfach weg sein. Als sie den Hörer wieder in die Hand nahm, hörte sie das Freizeichen, Courtney hatte aufgelegt.

Jenna konnte es nicht glauben, das kann es doch nicht sein, er kann nicht weg sein, sie hatte doch so gehofft, dass sie sich noch wieder sehen werden. Den ganzen Abend weinte sie und überlegte Julian anzurufen, aber sie hatte Angst, dass er es ihr übel nehmen könnte, wenn sie so sehr einem anderen Mann hinterher trauert, aber sie konnte nicht anders. Am nächsten Tag erzählte sie Alles Julian. Ihre ganze Geschichte und er nahm es ihr nicht übel, sondern tröstete sie.

„Jenna, manchmal ist das so im Leben, vielleicht hättest du mich für ihn verlassen, die wahre Liebe gibt es nur ein einziges Mal auf der Welt. Es gibt immer nur einen Menschen, der zu dem anderen gehört, nur einen", flüsterte Julian.

Jenna antwortete nicht, sondern weinte in seinem Arm, sie dachte sich vielleicht hatte er ja Recht, vielleicht hätte sie handeln sollen, bevor es zu spät gewesen wäre, vielleicht wäre Colin ihr Mann fürs Leben gewesen, auch wenn es gemein gewesen wäre Julian gegenüber.

Aber das Schicksal hat es wohl anders gesehen.

Sie wusste nur, dass sie froh war Julian zu haben und es mit ihm bestimmt nicht bereute. Die nächste Woche verging schleichend, ständig musste sie an Colin denken und konnte es einfach nicht glauben, sie traute sich nicht bei Courtney anzurufen aus Angst, dass die Erinnerungen noch stärker werden würden, aber sie wusste auch das sie Courtney jetzt beistehen müsste, da sie ihn heiraten wollte.

Am Abend rief sie bei ihr an. „Hi Courtney, ich wollte fragen, wie es dir geht."

„Es ist in Ordnung." sagte Courtney. Ich komme schon damit klar."

Jenna hörte keine Verzweiflung in ihrer Stimme. Sie hörte sich ganz normal an, obwohl es erst eine Woche her war.

„Wie geht es denn jetzt weiter mit dir Courtney?"

„Ich traue es mir ja eigentlich nicht zu sagen Jenna, aber ich bin jetzt endgültig mit Sam zusammen und es läuft gut mit ihm und er gibt mir viel Kraft."

Jenna konnte es nicht fassen. „Colin ist gerade erst eine Woche tot Courtney und da fängst du direkt etwas mit Sam an?

Ich dachte du hast Colin geliebt und wolltest ihn heiraten?" fragte Jenna entsetzt.

„Ich weiß, sprach Courtney, aber es ist eben alles anders gelaufen. Klar bin ich traurig wegen Colin, aber ich kann es nicht mehr ändern und ich kann doch nicht mein Leben lang alleine bleiben."

Jenna versuchte Courtney zu verstehen, doch sie konnte es nicht.

Leben

Als eine Woche voller Schmerz zu Ende
gegangen war, konnte Jenna das erste Mal
wieder essen und es ging ihr etwas besser.
Sie hatte eingesehen, dass sie Colin geliebt
hatte und es mit ihm hätte versuchen sollen,
als es noch möglich war, sie war sich so
sicher darüber wie noch nie.
Aber so wie es jetzt war, war es auch in
Ordnung, dachte sie, also zumindest mit
Julian.
Sie spürte immer noch einen stechenden
Schmerz, wenn sie an Colin dachte, aber es
ging ihr besser, besser als noch vor ein paar
Tagen.
Mit Courtney hatte sie seitdem nicht mehr
gesprochen, so konnte sie ihr nicht helfen
und verstehen konnte sie es schon gar nicht.
Sie versuchte ihr Leben wieder in den Griff
zu bekommen sich zu konzentrieren, wenn
sie am Arbeiten war, sie redete viel mit
Julian, was ihr die Kraft gab weiter zu leben
und nicht so viel an Colin zu denken.
Sie hatte Julian nicht erzählt, dass sie Colin
geliebt hatte, nur das er ihre beste Freundin
heiraten wollte und wie sie auf den Tod von
ihm reagiert hatte.
Er konnte es genauso wenig verstehen wie

sie.

Sie stürzte sich in die Hochzeitsvorbereitungen und die nächsten Wochen verliefen ruhig, sie versuchte nicht mehr so sehr an Colin zu denken und jedes Mal in Tränen auszubrechen. Sie musste ihr Leben weiterleben, auch wenn es ihr schwer fiel.

Mit ihrer Mutter telefonierte sie oft in der Zeit und erzählte ihr was geschehen war. Sandra hatte beschlossen vorerst in den USA zu bleiben, sie hatte sich eine kleine Wohnung genommen und soweit es ging alles mit Jennas Vater geklärt, was geklärt werden musste. Nun hatten ihre Eltern keinen Kontakt mehr zueinander und Jenna kam gar nicht dazu zu trauern um ihre Eltern, weil sie ständig an die Sache mit Colin denken musste.

Als sie im Februar von der Arbeit nach Hause kam lag ein Brief in ihrem Briefkasten ohne Absender.

Wer kann das denn sein? dachte sie.

Für einen kurzen Moment hatte sie die Hoffnung das es Colin sein könnte, der ihr sagen wollte, das alles nur ein böser Traum gewesen sei, aber diese Gedanken schlug sie sich schnell wieder aus dem Kopf.

Sie setze sich ins Wohnzimmer und öffnete den Brief.

Er war von ihrem Vater, der sich seit der

ganzen Geschichte nicht einmal bei Jenna gemeldet hatte.

Liebe Jenna,
es tut mir leid was passiert ist,
ich weiß wie du dich jetzt fühlen musst und ich würde es gerne ungeschehen machen.
Du bist mein Kind und ich brauche dich.
Ich würde mich freuen, wenn du mich besuchen würdest und wir über alles reden könnten, ich wollte dies nicht am Telefon machen.
Ich hoffe es geht dir soweit gut und das du dich freust von mir zu hören.
Ich würde mich freuen, wenn du dich melden würdest.
Ich liebe dich, dein Vater.

Jenna freute sich über diesen Brief, nun konnte sie doch endlich erfahren, was zwischen den Beiden genau passiert war und was er sich dabei gedacht hatte.
Sie beschloss ihn anzurufen.
Dieses Gespräch verlief ruhig und Jenna beschloss für zwei Wochen in die USA zu fliegen um ihren Vater zu besuchen, sie musste sich nur noch überlegen wie sie es Julian beibringen sollte, immerhin würden sie sich eine Zeit lang nicht sehen und die Hochzeit war ja schon in vier Wochen, aber sie war sich sicher das sie das schaffen könnte außerdem fand sie es eine gute Idee, da sie dann endlich mal hier raus käme, um

über die Sache mit Colin zu verarbeiten und
den Kopf frei zu bekommen für die Hochzeit
und ihr weiteres Leben.

Jenna besprach die Sache abends mit Julian
und zu ihrem Erstaunen war er
einverstanden und fand die Idee sogar gut,
damit sich Jenna nach ihrem Aufenthalt bei
ihrem Vater ganz auf die Hochzeit
konzentrieren könne.

„Wir können doch jeden Tag telefonieren
Jenna", sagte er und gab ihr einen Kuss.

Jenna nickte und freute sich, dass er die
Sache auch gut fand und damit
einverstanden war.

Am Tag der Abreise war Jenna morgens
schon im Stress, sie hatte Angst, die
wichtigsten Sachen zu vergessen, die sie
unbedingt mitnehmen wollte.

Sie freute sich auf ihren Urlaub obwohl sie
ein schlechtes Gewissen Julian gegenüber
hatte, aber daran versuchte sie nicht zu
denken.

Er brachte sie zum Flughafen und der
Abschied war traurig.

„Umso mehr können wir uns auf unser
Wiedersehen freuen und auf die Zeit
danach", sagte Julian und nahm sie in den
Arm.

„Ja das wird wunderschön", sagte Jenna,
nahm ihre Tasche und ging Richtung
Flieger.

„Ich liebe dich", rief Julian ihr hinterher, drehte sich um und ging.

Den ganzen Flug über dachte Jenna darüber nach, ob es richtig war, was sie nun tat und über Alles was in letzter Zeit passiert war, und das sie glücklich sei Julian zu haben und sich jetzt schon auf ihn freute.

In den USA stand ihr Vater schon am Flughafen, um sie abzuholen. Sie fielen sich in die Arme und Jenna fing an zu weinen.

„Ich bin froh hier zu sein Papa, ich freue mich auf unsere Zeit."

„Komm, wir fahren zu mir, damit du erstmal deine Ruhe hast von deinem langen Flug", sprach er und nahm ihr ihre Sachen ab.

Eine Stunde Autofahrt lag vor ihnen, aber es war mal etwas anderes all dies zu sehen im Gegensatz zu der kleinen Stadt in der Jenna wohnte.

Die ganze Autofahrt lang wechselten die Beiden kaum ein Wort. Jenna genoss die Fahrt und schaute aus dem Fenster, im Radio lief Country Musik, die ihr Vater liebte und die sicher auch ein Grund war, warum er dorthin gezogen war, dachte sie.

Als sie bei seinem neuen Haus angekommen waren, staunte Jenna nicht schlecht. „Das gehört jetzt dir?" fragte sie neugierig. „Ja, mein Schatz, das ist jetzt mein neues Haus! Glaube mir Jenna, ich habe mir die Entscheidung mich von deiner Mutter zu trennen nicht leicht gemacht und es war gewiss keine Kurzschlussreaktion. Ich habe lange Zeit darüber nachgedacht, vielleicht ist die Entscheidung falsch, aber dafür fühlt sie sich im Moment noch so richtig an. Ich kann dieses Gefühl nicht beschreiben, aber ich fühle mich wohler so, das ist das einzige was ich im Moment dazu sagen kann!" sagte ihr Vater und lächelte. „Es ist in Ordnung Papa, ich kann dich vielleicht ein bisschen verstehen, manchmal würde ich auch gerne aus meiner Haut ausbrechen und mich von den schlechten Gefühlen befreien, die man bei einer falschen Entscheidung hat, aber ich glaube ich war da nie so konsequent und mutig wie du." „Was ist denn los Jenna? Was ist passiert?" fragte er während er sie mit großen Augen anschaute. „Eigentlich ist alles in Ordnung, ich heirate ja bald und ich freue mich darauf, aber es fühlt sich nicht komplett richtig an, nicht so wie du im Moment fühlst, vielleicht liegt es an Colin, ich habe dir die Geschichte ja erzählt." Jennas Vater nickte und schaute sie traurig an. „Ich schaff das schon Papa. Ich werde glücklich werden mit Julian und mit ihm mein Leben meistern, aber ich kann nun mal nicht sagen, wie es gekommen wäre, wenn Colin noch leben würde, ob ich dann noch an eine Zukunft mit Julian denken könnte. Ich weiß, das ist gemein irgendwie."

flüsterte Jenna mit Tränen in den Augen. „Nein, das ist richtig, Colin war eben deine große Liebe, aber das bedeutet ja nicht, dass es Julian nicht irgendwann werden kann. Es fühlt sich doch nicht komplett falsch an mit ihm, sondern du bist glücklich und ich finde es mutig, dass du mit allen Mitteln kämpfst und dieser neuen Liebe so eine große Chance gibt, du gibst eben nicht so schnell auf, du bist wie ich!" sagte er und streichelte Jenna über den Kopf. „Und nun lass uns rein gehen, ich will dir mein neues Heim zeigen." Sagte er strahlend und stieg aus dem Auto. Als Jenna ausstieg spürte sie den warmen Wind, der ihren Körper berührte. Sie fühlte sich frei in diesem Moment und versuchte ihre Sorgen zu vergessen. „Komm Schatz, ich mache uns einen Kaffee und wir reden im Haus weiter!" rief Derek, der schon ein paar Meter von Jenna entfernt war, die immer noch am Auto stand und die warme Luft genoss. Sie raffte sich auf, nahm den kleinen Koffer, den ihr Vater nicht mehr geschafft hatte zu tragen und trottete hinter ihm her. Das Haus war klein und aus Holz gebaut, es roch nach frischer Farbe und hatte keinen Vorgarten, so wie man es aus Deutschland kannte. Überall war Sand, es sah aus, als wenn ihr Vater mitten in der Wüste wohnen würde. Ein paar Kilometer musste man schon fahren , um zum nächsten

Nachbarn zu kommen. „Ist es dir hier nicht zu einsam?" fragte sie. „Nein, genau das wollte ich doch." scherzte er und stellte ihre Koffer in dem riesigen Flur des Hauses ab. Der Boden knarrte unter Jennas Füßen und sie nahm schnell den Geruch nach frischem Kaffee wahr, als ihr Vater die Kaffeemaschine anstellte. „Schau dich ruhig in Ruhe um, du kannst dir alles ansehen." Sagte Derek während er Tassen und Zucker aus dem Schrank holte. Jenna stand auf und sie fühlte sich für einen Moment wieder so wie ein kleines Kind, welches aufgeregt war, da es zum ersten Mal seine neue Kindertagesstätte begutachten durfte. Es war alles noch so neu und unfassbar für sie. Ihre Mutter fehlte ihr, sie hörte nur die Stimme ihres Vaters, welche ja noch vor ein paar Monaten immer durch die Stimme ihrer Mutter unterbrochen wurde. Als Jenna durch die Räume ging bemerkte sie die ungeheure Stille, man konnte nur das Klappern der Tassen aus der Küche hören und einige Uhren ticken. Es gab keine Motorengeräusche oder Kinderstimmen von draußen, wie bei ihr in der Stadt. Nachdem sie alle Räume besichtig hatte, ging sie wieder zu ihrem Vater in die Küche und setze sich an den großen Holztisch, der ebenfalls nach neuer Farbe roch. „Für mich währe das hier nichts, ich würde mich einsam fühlen und etwas Angst hätte ich hier gerade bei Nacht." Jenna spürte wie sie Gänsehaut bekam bei der Vorstellung hier alleine übernachten zu müssen. „Ach Jenna meine Kleine, du warst ja nun schon immer etwas ängstlich, aber hier brauchst du dich nicht zu fürchten, wir sind weit weg von den Gebieten wo etwas passiert, hier in der Gegend ist bis jetzt noch nie etwas vorgefallen. Ich habe mich natürlich vorher erkundigt." witzelte Derek und zwinkerte ihr zu. Die nächsten Tage gingen nur schleichend voran und Jenna spürte mit jedem Tag mehr das Verlangen Julian endlich wieder zu sehen. Wenn sie an ihn dachte wurde sie wieder so nervös wie ein Teenager vor seinem ersten Date. Die Zeit bei ihrem Vater bestärkte sie noch mehr in der Entscheidung Julian zu heiraten und mit ihm ein neues Leben auszubauen und sie freute sich richtig darauf. Jenna freute sich sogar wahnsinnig darauf.

Ankunft

Nach einiger Zeit war sie wieder zu Hause
angekommen.
Sie packte ihre Sachen aus und freute sich
auf das Wiedersehen mit Julian, den sie
schrecklich vermisst hatte.
Den Vormittag verbrachte sie damit ihre
Wohnung von dem ganzen
Weihnachtsschmuck zu befreien, der ihr nun
nicht mehr so sehr am Herzen lag wie
damals, da sie immer wieder an das
schlimme Ereignis von Colin erinnert
wurde, da dies ja nun um die Weihnachtszeit
passiert war.
Sie ärgerte sich, dass sie am nächsten Tag
wieder arbeiten gehen musste und freute
sich umso mehr auf den ihr bevorstehenden
Abend mit Julian.
Jeden Tag hatten sie telefoniert, als sie bei
ihrem Vater war trotz der hohen Kosten, das
nahm Julian gerne in Kauf für mich, dachte
sie und strahlte übers ganze Gesicht.
Sie hatte in letzter Zeit wenig an Colin
gedacht, was auch gut so war, denn sie
konnte ihre Gewissensbisse nicht mehr
ertragen. Sie bereute, wie sie mit ihm
umgegangen war, darüber hatte sie oft genug
nachgedacht und ändern könne sie es ja eh

nicht mehr dachte sie und wollte nur gute Erinnerungen an ihre Liebe behalten.

Am Nachmittag gegen zwei Uhr klingelte es an der Tür und Jenna rannte hin um sie zu öffnen, denn sie wusste genau das es Julian sein würde, der vor der Tür stand.

Und das tat er auch mit einem riesigen Strauß Rosen und einem Lachen auf dem Gesicht.

„Hallo meine Süße", sprach er und umarmte sie.

„Ich habe dich so sehr vermisst und jede Minute an dich gedacht. „Das dieser Satz stimmen musste glaubte Jenna gerne, denn das Strahlen in Julians Augen verrieten Jenna die Wahrheit.

„Komm rein und setz dich, ich werde uns etwas Kochen", sprach Jenna und flitzte in die Küche.

„Du hast ja schon alle Weihnachtssachen weggeräumt", rief Julian aus dem Wohnzimmer.

„Ja, sie erinnern mich an die ganzen schlechten Sachen, die in letzter Zeit passiert waren und außerdem ist Weihnachten ja schon vorbei."

„Ja, da hast du Recht", sprach Julian und setzte sich aufs Sofa.

Nach zwei Stunden war das Essen fertig, eine große Gans die Jenna von Weihnachten überbehalten hatte und die für diesen

Moment genau das Richtige war, wie Julian immer sagte.

Jenna fiel auf, das Julian bedrückt war, seit sie wieder aus Amerika zurück war und sie fragte ihn was der Grund dafür sei, doch Julian gab keine Antwort darauf.

„Es ist alles Ok", sprach er immer wieder, doch Jenna spürte, dass das nicht stimmen konnte.

Nach dem Essen musste Julian noch einmal in die Firma und drückte Jenna so sehr, dass es ihr vorkam, als wenn es ein Abschied für immer sei.

„Und mit dir ist wirklich alles in Ordnung?", fragte sie.

„Ja alles bestens mein Schatz, ich freu mich nur so sehr dich wieder zu haben und habe Angst dich zu verlieren", antwortete er.

„So ein lieber Mann wie du wird mich nicht verlieren", sprach Jenna und grinste.

Doch Julian zuckte nur mit den Schultern und sah zu Boden.

„Dann bis nachher um 20 Uhr", sprach Jenna, küsste ihn und schloss die Tür.

Intrige

Am Abend zog sich Jenna ein schönes Kleid
an und freute sich auf den ersten Abend mit
Julian nach ihrem Urlaub.
Sie hoffte innerlich, dass er seine Zweifel
weggeworfen hatte und wieder ganz der Alte
sei.
Schon um zehn vor 20 Uhr setzte Jenna sich
ans Fenster vom Wohnzimmer und wartete
auf Julian, da sie die Straße von da aus sehr
gut sehen konnte.
Doch er kam und kam nicht, nach einer
halben Stunde wollte Jenna traurig ihren
Fensterplatz verlassen und sich vor den
Fernseher setzten, doch ein Taxi fuhr vor
und hielt direkt vor ihrer Tür. Draußen war
es schon dunkel und sie konnte nicht alles
erkennen.
Sie sah, dass eine Frau darin saß und wie sie
das Geld dem Taxifahrer übergab konnte sie
auch sehen. Als die Frau ausstieg traf Jenna
fast der Schlag. Es war Courtney.
Was will sie denn hier? dachte Jenna, gut sie
war immer noch eine gute Freundin, aber
ganz ohne Anmeldung, das passte doch gar
nicht zu ihr, absolut nicht.
Jenna ging zur Tür und öffnete sie. Courtney

stand am Anfang ihrer Auffahrt und hielt Julian im Arm.

„Was ist denn hier los?", rief Jenna und konnte ihren Augen nicht trauen. Courtney kam auf sie zu und grinste fies.

„Ich habe dir nur heimgezahlt, was du verdient hast."

„Was? Was habe ich gemacht und was hat Julian damit zu tun?" rief Jenna.

„Tu doch nicht so, ich habe dein Gespräch in der Küche mitbekommen, das du am ersten Abend mit Colin geführt hattest, als wir dich besuchten. Das Gespräch wegen euerm Treffen damals und das du dich in ihn verliebt hattest. Du warst meine beste Freundin Jenna, dass hättest du nicht tun dürfen, du hast ihn mir genommen. Kurz vor seinem Unfall gestand er mir seine Liebe zu dir, aber Jenna freu dich nicht. Er ist tot, daran kannst du nichts mehr ändern, vielleicht hat er es mit Absicht getan, vielleicht wollte er dich nicht. Tja, damit musst du jetzt leben, jedenfalls wollte ich dir das Liebste nehmen, was du besaßt und das war nun mal Julian, also sagen wir mal so. Es war alles abgesprochen, er wird von mir bezahlt, für All das was er gesagt und getan hat. Du weißt ja, dass ich sehr gut verdiene und mir so etwas leisten kann.

Es war alles nicht echt Jenna. Julian liebt dich nicht, er ist ein guter Schauspieler findest du nicht auch?"

Jenna spürte wie ihre Tränen ihre Wange runter liefen. „Das ist doch nicht wahr oder? Courtney warum machst du so etwas? Ich wollte dir Colin nicht wegnehmen. Ich liebe ihn nicht hörst du?"

„Natürlich, das kannst du anderen erzählen, jedenfalls bist du Julian und mich für immer los."

„Julian, das stimmt doch nicht oder? Du hast mir doch nicht nur etwas vorgespielt die ganze Zeit, die schönen Abende, die wir hatten und der Tag im Park das war doch echt?" Jenna sah ihn mit flehenden Augen an.

„Nein, war es nicht", sagte Courtney und gab Julian einen Kuss auf dem Mund.

„Es tut mir leid Jenna, sprach Julian, aber sie hat Recht.

Das alles war nicht echt."

Julian drehte sich um und ging. Courtney ging auf Jenna zu und flüsterte „Du nimmst mir mein Leben, ich nehme dir deins, ach ja das mit Sam und meiner Affäre war auch gespielt, ich wollte nur sehen, ob du dich weiterhin an meinen Verlobten ranmachen würdest.

Und die SMS letztens, die du von Colin erhalten hast, habe ich geschrieben.

Schönen Abend noch Süße!", rief Courtney, als sie den Hof verließ und wieder ins Taxi stieg.

Jenna schloss die Tür und brach zusammen, sie weinte so sehr das sie am ganzen Körper zitterte.

Sie wollte Courtney doch Colin nicht wegnehmen und sie liebte doch Julian dachte sie und weinte. Sie konnte das alles nicht glauben, nahm Beruhigungstabletten und versuchte zu schlafen.

Am nächsten Morgen kam ihr alles vor wie ein böser Traum, nichts war Realität für sie. Sie hatte Courtney, Colin und auch Julian verloren, sie dachte darüber nach, wen sie überhaupt noch hatte, es gab doch niemanden außer John, den sie sowieso schon lange nicht gesehen hatte und ihren restlichen paar Arbeitskollegen.

Als sie morgens in die Küche ging, um sich einen Kaffee zu kochen, schaute sie auf ihr Handy, was sie gestern in der Aufregung vergessen hatte auszuschalten.

Es blinkte. Fünf Anrufe in Abwesenheit und Alles von Julian.

Sie fragte sich, was er noch von ihr wollen würde, nachdem was er gemacht hatte. Sie hielt ihr Handy zitternd in der Hand und dachte an den Abend davor, wahrscheinlich wollte er sich nur noch über sie lustig machen, dass sie alles geglaubt hatte und sich auf die Hochzeit gefreut hatte. Jenna schmiss ihr Handy auf die Arbeitsplatte und setzte sich ins Wohnzimmer vor den Fernseher. Doch es ließ ihr keine Ruhe, was könnte er nur wollen? fragte sie sich immer wieder.

Nach einer Stunde hin und her überlegen rief sie ihn an.

Mit einem traurigem „Ja" meldete er sich am anderen Ende der Leitung und fing sofort an zu reden und er weinte, das kriegte sie mit.

„Es tut mir alles so leid Jenna, so sehr leid, Courtney hatte Recht am Anfang war alles abgesprochen, aber ich habe mich wirklich in dich verliebt und könnte mir nichts schöneres vorstellen, als das du mir verzeihen würdest und wir noch einmal von vorne beginnen könnten."

Jenna schluckte, sie konnte ihm nicht glauben.

„Julian", sprach sie mit zitternder Stimme, ich kann dir nicht mehr vertrauen, du hast mich zu sehr verletzt, du hättest dich nicht drauf einlassen sollen und dann noch die Show gestern, würdest du es ernst meinen hättest du da nicht mitgemacht und mich nicht so zurück gelassen. Es hat keinen Sinn mehr bitte vergiss mich und belüge eine andere!" Jenna nahm den Hörer vom Ohr und beendete das Gespräch, kurz darauf schrieb sie ihm noch eine SMS. „Ruf mich bitte nie wieder an."

Den ganzen Tag ging es Jenna schlecht, sie

konnte an nichts anderes denken außer an den Verrat der letzten Wochen, alles hatte sie geglaubt, an nichts gezweifelt, erst hatte sie Colin verloren und nicht gemerkt, dass sich Courtney gegen sie wandte und jetzt auch noch Julian durch so ein blödes Spiel der Beiden. Es war so schwer zu glauben für sie, dass sie den ganzen Tag weinend auf dem Sofa saß und sich immer wieder fragte, was sie denn falsch gemacht habe, sie hatte doch nicht vor Courtney Colin wegzunehmen, sie hatte ihn doch fast vergessen und der Kuss ging von ihm aus. Jenna tat es so weh, dass sie sich auf die Lippe biss und den Schmerz gar nicht spürte.

Sie beschloss John anzurufen und ihm alles zu erzählen, die ganze Geschichte, da sie jemanden zum Reden brauchte.

Sie wählte seine Nummer, doch nur der Anrufbeantworter meldete sich.

Und was ist wenn ich einfach zu ihm hinfahre? dachte sie sich.

Ach, er wird sicher seine eigenen Probleme haben und hat sicher keine Lust auf eine heulende Frau, die eh nichts hinkriegen würde.

Also setzte sie sich wieder aufs Sofa wartete darauf, dass der Tag umging und die Schmerzen endlich weniger werden würden.

Wunder gibt es doch!

Eine Woche später wurde Jenna durch die
ersten warmen Sonnenstrahlen, die durch
ihre Gardine schienen geweckt und sie
freute sich das erste Mal wieder auf den Tag.
Julian hatte sich seitdem nicht mehr
gemeldet und Courtney ließ auch nichts
mehr von sich hören, was Jenna aber Recht
war.
Sie beschloss heute spontan und ohne
Ankündigung zu John zu fahren, um zu
sehen wie es ihm erging.
Die Sonnenstrahlen trügten, denn als Jenna
das Fenster öffnete, kam ihr der kalte
Februarwind entgegen.
So langsam könnte es mal wieder wärmer
werden, sprach sie zu sich. Auf dem Weg
zur Küche schaute sie aus dem Fenster,
welches direkt zur Straße zeigte. Sie sah wie
sich die Leute draußen auf der Straße nach
ihrem Haus umdrehten und grinsend den
Kopf schüttelten.
Was ist denn los? dachte sie sich zog ihren
Morgenmantel über und schlich zur Tür.
Sie öffnete sie und sah, dass auf ihrem Hof
ein riesiger Blumenstrauß lag. Das müssen
ja mindestens 60 Rosen sein, dachte sie sich,
nahm den Strauß und ging rein.

Das war bestimmt Julian, flüsterte sie zu sich selber und ging mit dem Strauss in die Küche um ihn wegzuschmeißen.

Du denkst wohl das du mich so zurück bekommst, sagte Jenna, öffnete den Mülleimer und warf die Rosen hinein, „Feigling!", sagte sie zu sich. Du hättest auch klingeln können, wenn du es wirklich ernst gemeint hättest.

Doch als sie die Rosen in den Mülleimer warf, fiel ihr ein kleines Kärtchen auf, welches an der kleinsten Rose hing.

Dort stand in Handschrift: Ich komme bald wieder Jenna. Ich liebe Dich.

Jenna setzte sich während sie das Kärtchen von der Rose zupfte.

Wer war das? Was sollte das bedeuten, ich komme bald wieder?

Ich will ihn trotzdem nicht wieder haben, dachte sie sich obwohl sie von dem Satz sehr berührt war. Sie beschloss die Rosen ein paar Tage in ihrem Wohnzimmer aufzustellen und überlegte, ob sie Julian nicht vielleicht doch noch eine Chance geben sollte, doch das wollte sie nicht, sie konnte es nicht.

Den halben Vormittag brachte sie damit zu vor den Rosen zu sitzen, daran zu riechen und sich den Kopf darüber zu zerbrechen, wie es mit ihr und Julian weitergehen könnte. Sie hatten sich ja nicht einmal

richtig ausgesprochen, was Jenna trotz
alledem sehr schade fand.

Gegen Mittag ging sie ins Badezimmer um
zu duschen und sich zu schminken, danach
kochte sie sich eine Suppe und überlegte,
wie sie am Besten zu John kommen könnte.

Sie fing an ihre Sachen zu packen und dabei
laut Musik zu hören, um den ganzen Stress
der letzten Tage zu verarbeiten. Sie hörte so
laut, dass sie noch nicht einmal mehr das
Klingeln an ihrer Tür wahrnahm.

Doch es klingelte weiter. Irgendwann ging
Jenna in die Küche um sich noch Brot für
die Fahrt einzupacken und hörte das
Klingeln.

Ihr blieb fast das Herz stehen. Sie wollte
nicht die Tür öffnen, aus Angst es würde
Julian oder Courtney davor stehen.

Zitternd schlich sie sich zur Tür und
lauschte.

Sie nahm nur ein Räuspern einer
Männerstimme wahr und dachte sich, dass
sie eh nichts zu verlieren hätte und Courtney
könnte es nicht sein, also öffnete sie
vorsichtig die Tür.

Jetzt blieb ihr nicht nur fast das Herz stehen,
sondern das tat es.

Sie konnte es nicht glauben, wer da vor ihr
stand.

Colin, gesund und munter mit einem süßen
Grinsen im Gesicht.

„Jenna!", sagte er. „Ich habe dich so sehr
vermisst meine Süße!" und umarmte sie so
sehr, dass sie fast keine Luft mehr bekam.
Jenna brachte kein Wort heraus.
Sie stotterte nur. „Colin…du????"
„Ja" sagte er, erkennst du mich etwa nicht
mehr? Was ist los mit dir? Freust du dich
nicht mich zu sehen?"
„Doch natürlich, aber du bist doch tot!"
schoss es aus ihr heraus. Jenna spürte wie ihr
ein Schauer über den Rücken lief und sie am
liebsten wegrennen wollte.
„Setz dich Jenna und erklär mir alles."
Jenna setze sich auf die Lehne des Sofas und
traute sich noch nicht sich näher an den
totgeglaubten Colin heranzusetzen.
Unter Tränen erzählte sie ihm die ganze
Geschichte.
Was Courtney getan und gesagt hatte und
das mit Julian.
Er schüttelte nur die ganze Zeit den Kopf
und sie sah seinem Blick an, dass er immer
wütender wurde.
Als Jenna sich beruhigt hatte, nahm Colin
ihre Hand.
„Ich sag dir jetzt mal wie es wirklich war
Ok?" sprach er.
Jenna nickte.
„Als ich nach dem Besuch bei dir wieder mit
Courtney zuhause war, ging der Streit los,
sie spürte das Etwas mit mir nicht stimmte,

vielleicht spürte sie das ich für dich mehr empfand, ich weiß es nicht.

Jedenfalls hatte sie unser Telefonat damals mitgekriegt, weißt du noch Jenna?

An dem Abend warf sie mir vor dich zu lieben und nicht sie und ich gab Alles zu. Ich sagte ihr das ich dich wirklich lieben würde und es versucht habe zu verdrängen die ganze Zeit, was ich aber nicht konnte, wie du nun gemerkt hast", sagte er und grinste ein wenig.

„Ich habe an dem Abend noch meine Sachen gepackt, wollte aber nicht direkt an dem Abend bei dir auftauchen, weil ich ja von Julian wusste und euer Glück nicht zerstören wollte, aber für mich wusste ich, dass ich nicht weiter mit einer Frau zusammen sein konnte ,die ich nicht liebe. Also bin ich für längere Zeit nach Australien geflogen und habe mir eine Auszeit gegönnt. Ich habe versucht dich zu vergessen, aber es ging nicht, ich habe es irgendwann nicht mehr ausgehalten.

Die ganze Zeit über hatte ich kein Kontakt zu Courtney, also ich konnte nicht ahnen, dass sie so ein falsches Spiel spielte und ich hatte auch nicht gewusst, dass sie uns damals bei dir in der Küche schon belauscht hatte und das das mit Julian also auch nur frei erfunden war.

Es tut mir alles so leid Jenna, du hast

gedacht ich sei tot, dass muss schrecklich gewesen sein."

Jenna nickte und er nahm sie in den Arm.

„Jetzt trennt uns keiner mehr, glaub mir, mir kannst du vertrauen. Ich habe dich vom ersten Tag an geliebt und es mir nur immer ausgeredet, was falsch war und nun weiß ich es. Es tut mir so Leid um die schlimme Zeit, die du durchstehen musstest. Wir hätten viel eher glücklich sein können, wenn ich es zugelassen hätte."

„Es war nicht deine Schuld", sagte Jenna, schaute in sein Gesicht und spürte wie sie wieder lachen konnte und nach langer Zeit wieder sehr glücklich war.

Die nächsten Tage und Nächte gingen Jenna und Colin nicht einmal aus dem Haus. Sie wollten ihre Ruhe haben und das Vergangene verarbeiten.

Courtney hatte sich nicht mehr gemeldet und Julian auch nicht, aber darüber konnten Jenna und Colin nur lachen. Sie haben viel kaputt gemacht, sagten sich die Beiden, aber unsere Liebe haben sie trotz den ganzen Intrigen nicht zerstört. Liebe ist unverwundbar.

In der schweren Zeit, die Jenna durch
gestanden hatte, half ihr das Schreiben von
Gedichten und Texten.

Horizont

Ich blicke auf das weite Meer,
der Wind pfeift durch meine Ohren,
die Luft ist klar und rein,
ich höre die Wellen rauschen,
sehe Menschen froh am Strand,
die Gefühle, die kann ich nicht beschreiben,
die mich umzingeln,
als wären es deine.
Ein blauer Himmel über mir,
und ein weiter Horizont,
nachdem ich greife,
doch ich kann ihn nicht erreichen,
soweit erscheint er mir.
Ich versuche es wieder und wieder,
ich merke es muss so sein,
doch ich kann ihn nicht erreichen.
Ich lieg am Boden nun,
doch ich stehe auf,
es muss doch irgendwie gehen,
doch der Wind drückt mich zurück,
ich kann ihn nicht erreichen.
Ich werde gehindert,
obwohl ich es will,
hab keine Kraft zu weichen.
Ich kann ihn nicht erreichen.

Gefühle

Durcheinander sind all meine Gefühle,
weiß nicht, was ich denken soll
weiß nicht, was ich lieben soll
weiß nicht, was ich glauben soll
weiß nicht, wem ich vertrauen soll
weiß nicht, was ich mache
weiß nicht, was falsch
und weiß nicht, was richtig ist.
Habe Schuldgefühle,
andererseits sind sie verschwunden
und ich will weiter machen,
mit alle dem,
was mir zeigt, dass ich liebenswert,
hübsch, begehrenswert bin.
Gute Sachen über mich,
keine verletzenden Wörter.
Kann es nicht verhindern dies zu tun,
was für mich bestimmt ist,
mich wieder leben lässt,
mir aber auch oft weh tut.
Verdammt.
Weiß nicht, wie ich mich verhalten soll.

Da ist Nichts

Da ist Nichts, was du rückgängig machen
kannst.
Da ist Nichts, was ohne dich läuft.
Da ist Nichts, was ungeschehen werden
kann.
Da ist Nichts, ohne deine lieben Worte.
Da ist Nichts, ohne ein Lachen von dir.
Da ist Nichts, ohne ein Blick von dir.
Da ist Nichts, ohne Liebe von dir.
Da ist Nichts, ohne ein Lebenszeichen von
dir.
Da ist Nichts, ohne Wärme von dir.
Doch da ist etwas ohne dich,
das Gefühl,
die Wärme nicht zu haben.
Nicht zu denken.
Nicht zu lieben.
Da ist Nichts ohne dich.

Die Liebe

Was ist die Liebe schon? Was bedeutet sie?
Ein Wort? Eine Geste?
Ist sie vergänglich oder trifft man die wahre
Liebe nur ein einziges Mal im Leben?
Wie merkt man, dass man die wahre Liebe
gefunden hat?
Woher weiß man es? Gibt es wirklich
Zeichen?
Man kann nicht schlafen sagt man.
Man denkt immer an diese Person
jahrelang?
Nichts kann die Gedanken aufhalten?
Auch, wenn man von dieser Person verletzt
wurde liebt man sie immer noch?
Ja, dann weiß ich was Liebe ist!
Ja, dann kenne ich diese Gefühle!
Ich gestehe es mir ein.
Ich werde ihn immer lieben und nichts wird
es ändern können.
Niemand.
Ich habe es doch tausendmal versucht.
Doch vergessen geht nicht, aber kämpfen
kann ich auch nicht.
Weiß nicht weiter.
Was soll ich tun?
Wie geht es weiter?
Es würde mein ganzes Leben verändern.
Muss ihn vergessen.
Keinen Gedanken mehr an ihn wenden.

Gibt es die heimliche Liebe?
Dann kenne ich sie!

Geh bitte

Plötzlich stehst du hier,
auf einmal bist du ganz nah bei mir.

Es ist ein Hin und Her,
wollen wir Beide mehr?

Das, was wir uns gewünscht haben,
war für uns verboten.

Die Hände die uns halten sind zu stark.
Verzeih mir.

Die Jahre vergehen,
es bleibt beim Alten,
wir können uns einfach nicht halten.

Ein ständiges Auf und Ab,
mal Liebe und Hoffnung,
mal Stress und Angst.

Doch jetzt bist du mir so nah wie nie zuvor,
doch wir können uns nicht berühren,
wie eine Mauer zwischen uns.

Es wird so bleiben.
Es wird nie gehen.

Verzeih mir.
Geh bitte.

Sag niemanden, dass du hier warst.

Spüren

Ich will es wieder spüren glücklich zu sein.

Ich will es wieder spüren sich auf den
nächsten Tag zu freuen.

Ich will es wieder spüren ohne Sorgen
aufzustehen

Ich will es wieder spüren wohl fühlend nach
draußen zu gehen.

Ich will es wieder spüren, das ernste Lachen.

Ich will es wieder spüren meinen Tag nicht
aus Tränen zu machen.

Ich will es wieder spüren, die Freiheit in
mir.

Doch es geht nicht.
Denn du bist nicht hier.
Es wird niemals gehen ohne Dich,
aber ständig fragst du mich?

Ob ich Dich brauche?

Nachwort

Es gibt nur wenige Menschen, denen man vertrauen kann, wie diese Geschichte gezeigt hat. Einige Monate später heirateten Jenna und Colin und bauten sich ihren eigenen neuen Freundeskreis auf.
John kam zurück und zog nur ein paar Straßen weiter von Colin und Jenna ein, um dort sein neues Leben zu beginnen. Unterstützung bekam er dabei von den beiden in jeder Hinsicht. Liebe sollte sich nicht durch andere falsche Menschen zerstören lassen, die einem raten wollen, was man richtig und was falsch machen sollte. Im Endeffekt muss man auf sein Herz hören und sich nicht von falschen Gedanken davon abbringen lassen, auch wenn es schwer ist für manche Sachen zu kämpfen, bei denen man sich

nicht sicher ist, ob sie es wert
sind, aber wenn man nicht auf
sein Kopf hört,, sondern auf sein
Herz wird man den richtigen
Weg finden und auch spüren,
dass es der richtige Weg ist.
Ich danke meinen Freunden, die
mir in schweren Zeiten geholfen
haben, die es in letzter Zeit
genug gab.
Ich danke Vera T. die sehr an
meinen Traum geglaubt hat und
eine sehr gute Freundin von mir
ist und ich hoffe, dass wir den
Kontakt noch lange
aufrechterhalten können. Danke,
dass du immer für mich da bist.
Ich danke meinem Schatz Chris,
der immer für mich da und
immer an meiner Seite ist. Ich
liebe Dich.
Ich danke meiner Freundin
Becci, die immer für mich da ist
und mir schon so viele Gefallen
getan hat, dass man sie nicht
mehr zählen kann. Ich hoffe ich
konnte dir bis jetzt zumindest

etwas zurückgeben von dem, was du bis jetzt für mich getan hast. Ich bin immer für Dich da. Unsere jahrelange Freundschaft bedeutet mir sehr viel und ich hoffe, dass wir für immer befreundet bleiben.

Ich danke Tine, die immer ein offenes Ohr für mich hat.

Unsere Freundschaft bedeutet mir auch sehr viel und ich hoffe, dass wir den Kontakt noch lange aufrechterhalten.

Anny wie auch Mandy, Harty, Juliane, Vany und Uli, die mir immer zugehört haben, wenn ich Probleme hatte und deren Freundschaft mir sehr wichtig ist.

Ich danke meiner Mama für Alles, was sie für mich getan hat, und immer versucht hat, dass es mir gut geht, auch wenn das in letzter Zeit nicht einfach war. Ich danke Papa, für Alles was er für mich getan hat und ich hoffe, dass es irgendwann mal wieder so zwischen uns wird, wie es einmal war.

Ich danke meiner Oma Karin, dafür das sie mich in letzter Zeit sehr viel Unterstützt hat.

Ich danke meiner gesamten Familie.

Ich danke Sebastian für Alles was er für mich getan hat. Schön, dass wir schon solange befreundet sind.

Ich danke Tobias S. der mich mit seinen lieben Mails, immer zum Lachen gebracht hat.

Ich danke den Menschen, die es gelesen haben.

Glaubt an eure Träume und gebt nicht auf, nur weil es andere lächerlich finden.

Wenn man will, kann man alles erreichen, mit den richtigen Menschen um sich herum.

Was richtig ist, kann man nur für sich alleine herausfinden, auch wenn es oft schwer ist oder mit Problemen verbunden.

Ich glaube, dass es nur einmal

die wahre Liebe im Leben gibt
und das man mit einem anderen
Partner nicht glücklich werden
kann, wenn das Schicksal eine
andere Person für einen
ausgewählt hat und ich glaube
daran, dass alles aus einem
bestimmten Grund passiert,
auch wenn es manchmal
schwer ist es zu verstehen.